世界
神话传说

赵零
著

江苏凤凰文艺出版社
JIANGSU PHOENIX LITERATURE AND ART PUBLISHING

图书在版编目（CIP）数据

世界神话传说 / 赵零著 . — 南京 : 江苏凤凰文艺
出版社，2021.5（2022.8 重印）
ISBN 978-7-5594-5105-7

Ⅰ. ①世… Ⅱ. ①赵… Ⅲ. ①神话 – 作品集 – 世界
Ⅳ. ①I17

中国版本图书馆 CIP 数据核字（2020）第 159331 号

世界神话传说

赵零 著

责任编辑　白　涵
选题策划　麦书房文化
封面设计　80图 · 小贾
责任印制　冯宏霞
出版发行　江苏凤凰文艺出版社
　　　　　南京市中央路 165 号，邮编：210009
网　　址　http://www.jswenyi.com
印　　刷　北京利丰雅高长城印刷有限公司
开　　本　880 毫米 × 1230 毫米　1/32
印　　张　5.5
字　　数　99 千字
版　　次　2021 年 5 月第 1 版
印　　次　2022 年 8 月第 2 次印刷
书　　号　ISBN 978-7-5594-5105-7
定　　价　32.00 元

目　录

众神之王宙斯

（希腊神话）

在希腊神话传说中，宙斯是众神之王，统治着宇宙万物。但是，宙斯并非一出生就有这样的地位，而是经历了不少的磨难和斗争。

传说在很久很久以前，世界上并没有人类，而是生活着各种各样的神灵，他们各司其职，有的专管大地，有的专管海洋，有的专管日月星辰。这些神灵都居住在一座神山上，神山的名字叫奥林匹斯，在希腊半岛北部、爱琴海西岸。

在这些神灵中，有一位名叫克洛诺斯的天神，他是所有神灵的首领，掌管着整个宇宙，拥有至高无上的权力。

有一天，克洛诺斯得知了一个预言——在遥远的未来，在他的子女之中，将会有一个人推翻他的统治。自从得知这个犹如诅咒般的预言，克洛诺斯便每日焦躁不安，心中充满恐慌，非常担心自己的统治会受到威胁。

思来想去，克洛诺斯终于想到了一个残忍的办法——把他的孩子统统吃掉，一个不留。这样，他们就再也不会威胁自己的统治了。

不久之后，克洛诺斯的妻子瑞亚生下了第一个孩子。在孩子生下来的第一时间，克洛诺斯便赶到瑞亚身边，夺走她怀中的孩子，一口吞到了肚子里。瑞亚大惊失色，看到刚刚出生的孩子就这样没了，痛心不已，可自己的丈夫又是那样专横和霸道，她万般无奈，只能默默流泪。

此后，瑞亚每生下一个孩子，克洛诺斯就会跑过来吃掉一个。瑞亚一连生了五个孩子，克洛诺斯便一连吃了五个。看着自己的亲生骨肉被一个个吃掉，瑞亚痛心疾首，内心充满了悲伤和愤怒。她决定等下一个孩子出生的时候，无论如何都要保护好他，不能再遭克洛诺斯的毒手。

很快，瑞亚怀上了第六个孩子，并悄悄生了下来，这个孩子便是宙斯。宙斯一生下来，就向瑞亚挥动着小手，脸上挂着甜甜的笑容，可爱极了。瑞亚看着他，打心眼儿里喜欢这个孩子。她知道克洛诺斯很快就会得知宙斯的降生，便叫来一个侍女，让她找来一块石头，用布包裹得严严实实，然后又让侍女抱走宙斯赶快躲起来。

果然，宙斯刚刚被抱走，克洛诺斯便急匆匆地赶了过来。他一过来就问："孩子是不是生了？在哪儿？"

瑞亚把怀里包裹好的石头递给他，说："给，拿去吧！"

克洛诺斯接过石头，看都没看，就跟前几次一样，张开大口吞了下去，然后心满意足地走了。

瑞亚知道宙斯留在身边会非常危险，便安排人把他送到克里特岛，由两位神女抚养和照顾。

宙斯在两位神女的精心照料下，一天天地长大。十几年之后，宙斯长成了一位英俊而强壮的少年。从两位神女那里，他知晓了自己的身世，也知道了父亲的残暴。他下定决心，要去推翻父亲的统治，并且救出被父亲吞下的那些兄弟姐妹。

有一位叫墨提斯的女神，在得知宙斯的志向后，愿意帮助他。她从神山上采来药草，制作出了一种神药，称只要克洛诺斯喝下它，就可以把当初吞到腹中的孩子吐出来。

宙斯谢过墨提斯，带着神药来到奥林匹斯山，悄悄去找自己的母亲瑞亚。母子俩相见之后抱头痛哭，相互倾诉思念之苦。随后，宙斯拿出神药，请求母亲的帮助。瑞亚听说宙斯想救出当初被克洛诺斯吞下的孩子，心里非常高兴，当即接过神药，答应了下来。

当天晚上，瑞亚做了一桌丰盛的饭菜，全都是克洛诺斯爱吃的。宙斯拿给她的那瓶神药，则被她悄悄放进了饭菜里。克洛诺斯回来后，看到满桌都是自己喜欢的饭菜，很是高兴，当即狼吞虎咽地吃了起来。没过多久，饭菜里的神药发作了，克洛诺斯开始剧烈地呕吐，果真把当初吞到肚子里的五个孩子都吐了出来。

这五个孩子从克洛诺斯的肚子里逃出来后，与宙斯联合在一起，向他们的父亲克洛诺斯发起了挑战。他们意志坚定，发誓一定要打败克洛诺斯，结束他的暴政。

但这并不是一件容易的事。克洛诺斯召集他的部下，形成了一股强大的力量。宙斯和他的兄弟姐妹一起，与之对抗了整整十年，直打得山摇地动、天昏地暗，依旧无法决出胜负。

就在双方僵持不下、难分胜负的关键时刻，宙斯的祖母该亚站了出来，她决定帮助自己的孙子。

在幽深的大地深处，有三个神通广大的独眼巨神，他们由于触犯天条而被关在那里。该亚把他们从地下放出来，并提了一个条件——帮助宙斯。重获自由的三位独眼巨神，来到宙斯面前，把他们每个人身上最具威力的一样武器送给了宙斯，这三样武器分别是雷、电和霹雳。

有了这三样武器之后，宙斯战力大增，他父亲克洛诺斯的势力很快便被削弱了。不久之后，宙斯彻底战胜了自己的父亲，像当初预言的那样，结束了他的统治。

宙斯重新分配众神的职权，让自己的兄弟姐妹分管天地海洋和日月星辰，自己则掌管雷、电和霹雳，并接替了父亲的权位。从此，宙斯便成了众神的领袖——宇宙间至高无上的天神，被称为众神之王。

盗取火种的普罗米修斯

（希腊神话）

普罗米修斯是第一代天神乌拉诺斯的孙子，从辈分上算，他是宙斯的堂兄弟。普罗米修斯神通广大，他用泥土捏成各种形状的小玩意，然后施展神力，使这些小东西都有了生命，变成了大地上的鸟兽鱼虫。他还仿照自己的形象捏出一个个泥人，然后使他们成为最初的人类。不过在早期，普罗米修斯只创造了男人，并没有创造女人。

普罗米修斯神力强大，又头脑聪明，不喜欢循规蹈矩，就连众神之王宙斯都敢作弄。有一次，在举行祭祀的时候，普罗米修斯搞了个小动作，把一头宰好的牛分成了两包，放到祭坛上，让宙斯去选择。这两包祭品不仅外表不同，里面也大有文章——一包用牛皮裹着，里面是上好的牛肉；另一包表面是一层鲜美的牛肉，里面全是骨头。宙斯端详了一番之后，选择了第二包，结果打开一看，里面只有一堆牛骨。受到捉弄的宙斯顿时火冒三丈，虽然表面上什么都没有说，但心里已经对普罗米修斯产生了不满。

普罗米修斯用牛骨祭祀后，大地上的人类也开始效仿——每逢祭祀，人们便把牛羊的骨头放到祭坛上用火烤，散出阵阵香味，以此代表对天神的祭祀。宙斯得知后，暴跳如雷，怒不可遏，决定对普罗米修斯和他创造的人类进行报复。

宙斯从人间收回火种，并严禁众神将火种带到人间。从此，人类又回到了茹毛饮血的时代。到了夜晚，大地上一片漆黑，人们只能在黑暗中摸索。到了冬天，天寒地冻，没有火取暖，很多人被冻死了。看到人间的这些惨状，普罗米修斯非常难过，对于他来说，这些人类就是他亲手创造出来的孩子。他决定不顾宙斯的禁令，要把火种重新带回人间，给人类送去光明和温暖。

可是，火种已经被宙斯收回了，想从他那里取走可不是容易的事，普罗米修斯决定另想办法。

这一天，普罗米修斯采来一束茴香杆，趁着太阳神阿波罗驾着太阳车从东方驶向西方的时候，悄悄把茴香杆伸到太阳车里。太阳车里燃烧着的熊熊烈焰，瞬间把茴香杆点着了。普罗

米修斯带着燃烧的茴香杆，迅速从天上奔向大地，把火种重新带到人间。

普罗米修斯把火种带回人间之后，还传授给人类很多知识和技能，让人类摆脱野蛮的耕作方式，逐渐过上了文明的生活。他教会人类用牲畜耕地，用地下矿藏锻造金属器具，还教会人类造船、造车，能够去往更远的地方。为了使人间免遭各种灾难，普罗米修斯把世间诸多丑恶的东西都装在一个小盒子里，这里有战争、疾病、仇恨、饥饿、痛苦等，并将这个密封的盒子交给了他的弟弟厄庇墨透斯保管。从此，人类的生活越来越安稳幸福，大家非常感激普罗米修斯，尊敬地称他为“人类的恩神和救星”。

普罗米修斯盗取火种的事被宙斯发现后，宙斯大发雷霆，命令威力神和暴力神前去捉拿违抗禁令的普罗米修斯，要对他进行严惩。

威力神和暴力神抓住普罗米修斯，把他带到荒凉的高加索山，用粗大的锁链把他锁在悬崖峭壁上，让他经受烈日的暴晒、寒风的侵袭。这还不算什么，宙斯还命令一只凶恶的巨鹰每天啄食普罗米修斯的肝脏。白天，巨鹰一点点地吃掉他的肝脏，到了晚上，他的肝脏会重新长出来，然后第二天再被巨鹰啄掉。

普罗米修斯忍受着这残酷的折磨，日复一日，一直过了很多年。直到有一天，宙斯的混血儿子——大力士赫拉克勒斯来到了高加索山，看到正在被巨鹰啄食肝脏的普罗米修斯，不忍看到他再遭受这样的酷刑，一箭射死了巨鹰，救出了普罗米修斯。

普罗米修斯虽然被救了出来，但宙斯在他手指上特意保留了一个铁环，并在上面镶嵌了一块高加索山崖的石块。大概是想让普罗米修斯在以后的岁月中，时刻记得当初遭受的刑罚。

生活在大地上的人类，并不了解宙斯和普罗米修斯之间的恩怨，他们在祭祀的时候，还在大声歌颂普罗米修斯为人类做出的贡献。宙斯看到之后非常恼怒，决定惩罚人类。

宙斯叫来他的儿子——火神赫菲斯托斯，让他像普罗米修斯那样，也捏一个泥人，不过要捏一个女人。赫菲斯托斯心灵手巧，他参照奥林匹斯山上女神们的形象，捏出一个少女。这个少女拥有让人惊艳的美貌，非常迷人，奥林匹斯山上的众神见到她，都发自内心地喜欢她。

众神围在这个少女跟前，纷纷向她送出自己的礼物。智慧女神雅典娜为她穿衣打扮，美惠女神为她戴上漂亮的首饰和盛开的鲜花，火神赫菲斯托斯给她做了华丽的金长袍，爱神阿佛洛狄忒赋予她妩媚诱人的魅力，众神使者赫尔墨斯教会她言语的技能……最后，赫尔墨斯给她取名潘多拉，在希腊语中的意思是“拥有一切天赋的女人”。

潘多拉被众神打扮装点好后，宙斯吩咐赫尔墨斯把她带到人间，送给普罗米修斯的弟弟厄庇墨透斯做妻子。临别时，宙斯送给潘多拉一样与众不同的礼物——好奇心。

厄庇墨透斯虽然是普罗米修斯的弟弟，但两个人的特点完全相反，厄庇墨透斯既头脑简单又不长记性，经常做出一些蠢事。普罗米修斯曾经多次告诫他，一定要小心提防宙斯，尤其不要接受宙斯送来的任何礼物。然而，当赫尔墨斯把美丽动人的潘多拉带到厄庇墨透斯面前时，当初哥哥对他的告诫就全被抛到了九霄云外。

赫尔墨斯对厄庇墨透斯说："这是众神之王宙斯送给你的礼物，让她来做你的妻子。"

厄庇墨透斯盯着潘多拉，连连点头，异常欣喜地接受了这个礼物，同潘多拉建立了家庭——这也是人类的第一个家庭。潘多拉由此成为人间的第一个女性、第一个母亲，给人间带来了家庭和后代。

潘多拉和厄庇墨透斯一起生活了一段时间后，发现自己的丈夫一直小心珍藏着一个盒子。在好奇心的驱使下，她问自己的丈夫："盒子里装的是什么？"

厄庇墨透斯告诉她："这是我的兄长普罗米修斯让我保管的，他叮嘱过我，里面是一些可怕的东西，千万不能打开它。"

听了厄庇墨透斯的回答，潘多拉的好奇心被彻底激发了。

她每天吃不下饭、睡不着觉，就想打开那个盒子，看看里面到底装的是什么。

终于有一天，趁着厄庇墨透斯外出的时候，潘多拉打开了那个盒子。随着盒盖的缓缓揭开，从里面飞出了各种千奇百怪的东西，有战争，有贫穷，有疾病，有痛苦……一个个张牙舞爪，像恶魔一样迅速飞向外面，从此盘踞在人间。

潘多拉知道自己闯下了大祸，赶紧关上盒子，可一切都晚了，盒子里的灾祸已经飞往人间，再也收不回来了。

不过，唯一值得庆幸的是，当初普罗米修斯放进去的并不全是坏东西，他把“希望”也装了进去，并放在盒子的底部。于是，尽管潘多拉放出了所有的灾祸，但留住了最后的“希望”。也正是由于这样，在以后的岁月中，无论人类遇到多么巨大的灾难和不幸，都始终能够对未来抱有希望，同命运做不屈的抗争。

太阳神阿波罗

（希腊神话）

阿波罗是众神之王宙斯和暗夜女神勒托的儿子。勒托有一双深灰色的眼睛，性情温柔，心地善良，奥林匹斯山上的众神都很喜欢她，除了天后赫拉。赫拉不但不喜欢勒托，还非常反对她和宙斯在一起。赫拉得知勒托怀了宙斯的孩子之后，便想方设法地迫害她。最后，赫拉强加给勒托一些罪名，把她赶离了奥林匹斯山，同时还下令，无论在人间还是在海洋，任何人都不准给勒托提供生孩子的场所。

勒托离开奥林匹斯山，开始四处流浪。可是天下那么大，竟然没有一处是她的容身之所。后来，她在茫茫大海上找到了一座漂浮的小岛，这座小岛既不属于海洋，也不属于人间，勉强供勒托容身。宙斯得知后，背着赫拉来到勒托身边，用他的神力从海底竖起四根柱子，把小岛固定在海面上，这座岛便是迪罗斯岛。

从此，勒托在迪罗斯岛安顿下来。不久之后，她在一棵美丽的棕榈树下生下了一对双胞胎，男孩是阿波罗，女孩是阿尔忒弥斯。

作为天神的后裔，阿波罗和妹妹阿尔忒弥斯一起回到众神的家乡——奥林匹斯山。阿波罗不仅英俊、健壮，年少时便表现出超凡的预知能力，是众神中唯一掌握占卜术的神。众神之王宙斯的旨意和神谕，只有通过阿波罗才能得到准确的传达和解释。

为了更好地散布和传播天神的谕旨，阿波罗决定在人间找一处风水宝地，在那里建造一座神庙，在神庙里设一座神示台。他离开奥林匹斯山，在人间各地漫游，寻找合适的地方。最后，他终于找到一处理想之地，在雅典西北部的帕尔纳索斯山脚下，名叫特尔斐。特尔斐背靠帕尔纳索斯山，山上终年积雪，山下小溪潺潺，溪水岸边树木苍翠，犹如仙境一般。

不过，在特尔斐的溪流深处，盘踞着一条怪龙，在当地无恶不作，居住在周边的百姓怨声载道。阿波罗来到这里之后，决心除掉这条怪龙。他有一张银弓，可以射出金箭，有着无穷的神力。他找到怪龙的住处，肩挎银弓在空中飞驰，金箭在箭袋里叮当作响。怪龙听到声响横冲过来，阿波罗弯弓搭箭，一道金色的光芒向怪龙射去，随后传来山崩地裂般的一声嘶吼，怪龙被射中要害，口吐鲜血，坠落到溪水中死了。

阿波罗杀掉怪龙，为民除了害，随后便在依山傍水的特尔斐建造了自己的神庙。从此，人间和天神有了沟通的通道，无数的人蜂拥而至，来寻求神灵的启示和庇佑。阿波罗神庙的所在地，逐渐被世人视为大地的中心，阿波罗在世人心中的地位也越来越高。

后来，宙斯鉴于阿波罗所做的贡献，把天上和人间的光明权交给了他，从此阿波罗便成了太阳神，他的妹妹阿尔忒弥斯也成了月神。

阿波罗成为太阳神之后，经常在人间和神界游走。一天，他碰到了小爱神厄洛斯（罗马神话中叫丘比特），厄洛斯正在摆弄随身携带的那副小巧的弓箭。

阿波罗看到厄洛斯的弓箭那么小，跟玩具似的，就嘲笑道："你那个东西也算弓箭吗？太不像样子了，你看看我这副！"说着，阿波罗举起他当初射杀怪龙的那张神弓，向厄洛斯炫耀，"你看，这才是真正的弓箭！"

厄洛斯看了一眼阿波罗的弓箭，不屑地说："你的弓确实比我的要大一些，但它跟我的可完全没法比。"说着，他从箭袋里取出来两支箭——一支是金色的，另一支是铅灰色的。阿波罗并不知道，这两支箭不仅颜色和材质有区别，效力也完全不同：凡是被金色的箭射中的人，心中就会燃起炽烈的爱情之火；而被铅灰色的箭射中的人，则会对爱情产生极端的厌恶。

就在阿波罗想继续跟厄洛斯理论的时候，有一个叫达佛涅的女神从远处向他们走来。厄洛斯看到之后，便决定趁机教训一下阿波罗，让他尝一下自己神箭的威力。于是，他悄悄搭上弓，用铅灰色的箭射中了达佛涅，然后又用金色的箭射中了阿波罗。

这下好了，阿波罗被金色的箭射中之后，心中立即燃起爱情的烈火，他一看到美丽的达佛涅，便立刻爱上了她，发疯似的朝她追去。达佛涅则恰恰相反，她被铅灰色的箭射中之后，内心深处对爱情充满了厌恶，对奔跑而来的阿波罗极端排斥。她就像躲避瘟神似的向远方快速逃去，任凭阿波罗在身后大声呼唤，诉说着对她的爱慕。

阿波罗紧紧地追赶着达佛涅，在他的眼中，全世界都不存在了，只剩下达佛涅一个人的身影。达佛涅在前方奔跑着，身姿曼妙，长发飞舞，阿波罗越看越觉得美丽，追逐的步伐也越来越快。达佛涅像一只惊慌的小鹿，慌不择路地奔跑着，但渐渐力不从心，眼看就要被阿波罗追上了。情急之下，达佛涅大声呼喊道："父亲，父亲呀，快来救我！我宁愿改变自己的模样，也不想落入他的手中！"

达佛涅是河神的女儿，河神听到女儿的呼唤，便施展神通，把她变成了一棵树，一棵亭亭玉立的月桂树。达佛涅细嫩的皮肤变成了光滑的树皮，长长的秀发变成了嫩绿的树叶，纤细的双臂变成了交错的树枝，修长的双腿变成了笔直的树干，柔美的双足则扎入地下，变成了密密麻麻的树根。

阿波罗眼睁睁地看着美丽的达佛涅变成了一棵树，心中既震惊又难过。他轻轻抚摸着树的枝干，在薄薄的树皮之下，似乎还能感觉到一颗少女的心正在跳动。他紧紧地拥抱着树干，伤心得流下了眼泪。他动情地说："亲爱的姑娘，我是因为爱你才追你的呀！虽然你不能做我的妻子，但我还是要永远和你在一起。我要把你的枝条装饰在我的发间，佩戴在我的箭袋上。以后，只要我的头发不脱落，你的枝叶就永远常青。"

阿波罗深情地倾诉着，久久不愿离去。最后，达佛涅终于被他的真情打动了，垂下自己的枝条，轻抚阿波罗的脸庞，像是情人的亲吻，默默地表达着对阿波罗的爱恋。

智慧女神雅典娜

（希腊神话）

雅典娜是宙斯和女神墨提斯的女儿。在所有的天神中，雅典娜是最聪慧的，后来被世人视为智慧的化身。雅典娜从出生时开始，人生就充满了波折和考验。

在墨提斯怀孕期间，宙斯得知了一个预言，说墨提斯将会生下一个男孩，这个孩子能力非凡，将来会成为众神之王。由此，宙斯陷入了和父亲当初一样的恐慌，害怕自己的孩子会动摇自己的统治，夺取自己的王位。最后，他做出了一个更加凶残的决定——把怀孕的墨提斯吃掉。这样一来，墨提斯肚子里的孩子就根本没有出生的机会，宙斯认为如此才能永绝后患。

于是，这一天，在可怜的墨提斯毫无防备的情况下，宙斯突然张开大口，一下子把她吞到了肚子里。

宙斯觉得，这样自己的王位就万无一失了。可令他想不到的是，在吞下墨提斯几天之后，他的头突然痛了起来。随着时间的推移，疼痛不仅越来越强烈，他的脑袋也变得越来越大。最后，宙斯实在忍受不了了，便叫来自己的儿子——火神赫菲斯托斯，让他用斧头劈开自己的脑袋。

赫菲斯托斯一听，吓得心惊肉跳，但又不敢违抗天命。于是，他颤颤巍巍地举起斧头，闭上眼睛用力一劈。只听见当的一声，宙斯的脑袋被劈开了一条裂缝。就在这条裂缝刚刚闪现的时候，一个小巧玲珑的女孩从宙斯的脑袋里跳了出来。只见她身穿铠甲，手持长矛和盾牌，看上去英姿飒爽。她面朝宙斯站着，发出一声呐喊，整个奥林匹斯山都跟着颤动起来，山峰之间回声四起。这个小巧又充满豪气的女孩，便是雅典娜。

说来也怪，自从雅典娜从宙斯的脑袋里蹦出来，宙斯的头痛便消失了，被劈开的那条裂缝也无影无踪。由于雅典娜是个女孩，之前的预言也便不攻自破，宙斯自然也不再担心自己的王位了。

雅典娜继承了父亲宙斯的超自然的悟性，也继承了母亲墨提斯的聪慧、善良和正义感，这使得她从小便在众神之中脱颖而出，深受宙斯的喜爱。

雅典娜长大之后，凭借着过人的智慧，发明了各式各样的

农具，指导人们驯服牛羊，教会了他们纺纱织布、造车造物。百姓们的生活越来越好，到处都是一番安居乐业的景象。希腊人民非常感激和尊敬雅典娜，把她奉为家园的保护神。

这种人神和谐的局面，原本是大家都愿意看到的，但是有一位不这样想，他便是海神波塞冬。

有一天，波塞冬到希腊游玩，发现这里的人最为尊敬和热爱的神灵居然是雅典娜，生性高傲的他很不服气。回到奥林匹斯山后，波塞冬便去找雅典娜，要和她比试一番。

众神得知此事后，纷纷前来相劝，希望双方不要起不必要的争端。可是目中无人的波塞冬哪里听得进去，他铁了心要跟雅典娜一决高下，如果不决出胜负，他绝不会就此罢休。

最后，众神无奈，便请宙斯来处理两人的争端。

宙斯看波塞冬执意要比试一番，便出了一个题目，让雅典娜和波塞冬作答，然后请众神一起裁决。雅典娜和波塞冬都同意了。

宙斯的题目是：雅典娜和波塞冬每人送给人类一样东西，谁的最有用，谁就是胜利者。

比赛的日子到了，雅典娜和波塞冬来到一座石灰岩山岗上，宙斯和奥林匹斯山上的众神也一起赶来。在众神的注目下，雅典娜高举着她那杆银光闪亮的长矛，目光如炬，波塞冬则高举着一柄明晃晃的三叉戟，满脸志在必得的神情。

宙斯一声令下，比赛开始，波塞冬迫不及待地出场。他自信地走到山坡上，举起三叉戟，朝一块大岩石击去，一声巨响，巨石裂开，从里面跑出一匹白色的骏马。骏马嘶鸣着，在山谷间奔跑，鬃毛随风飘动，看上去威风凛凛。

“请看，这就是我要送给人类的礼物！”波塞冬指着那匹骏马，骄傲地说，“这可是一匹血统纯正的战马，这正是人类现在最需要的东西！”

说完，波塞冬傲慢地看了雅典娜一眼。雅典娜没理会他，从容不迫地走上山坡，用长矛翻开泥土，种下一粒种子。不久之后，种子破土发芽，长出两片嫩绿的叶子。又过了一会儿，绿叶越来越多，枝干越长越大，山坡上出现了一棵枝繁叶茂的橄榄树，树上结满了橄榄果。

雅典娜来到宙斯面前，对宙斯和他身后的众神说道：“这棵橄榄树，就是我要送给人类的礼物，它要比波塞冬的好一千倍一万倍！诸位试想一下，把战马送给人类，只会给他们带去战争和痛苦，而橄榄树呢？却能够给他们带去和平和幸福！”

宙斯听完雅典娜的话，频频点头，欣慰地说：“你说得很好，人类需要的是和平和幸福，而不是战争和痛苦。”

众神也纷纷表示赞同，大家一致认为，雅典娜取得了这场比赛的胜利。尽管高傲的波塞冬不甘愿认输，但也改变不了大家公认的结局。

这场比赛之后，雅典娜获得了众神更高的认可，宙斯专门下令以雅典娜的名字为城市命名，让雅典娜成为雅典城的保护神。而雅典娜送给人类的橄榄树，也成为和平的象征。

大力神赫拉克勒斯

（希腊神话）

赫拉克勒斯是宙斯和阿尔克墨涅的儿子，阿尔克墨涅是国王安菲特律翁的妻子。阿尔克墨涅临产时，宙斯向诸神预言，他这个即将出生的儿子将来会有一个灿烂的前途。

天后赫拉得知这一切之后，非常生气。她不满宙斯和凡间的女子繁育后代，更不满他还要给这个孩子光明的前途。怒火中烧的她传出话来，要让阿尔克墨涅和她的孩子付出代价。

阿尔克墨涅听说后很害怕，她知道自己只是一个凡人，无法对抗天后赫拉强大的神力。她担心刚刚出世的赫拉克勒斯在王宫里不安全，便让人把他放到篮子里藏到野外。

宙斯看到这一切，施展自己的神力，在雅典娜和赫拉外出的时候，让她们发现了篮子里的赫拉克勒斯。雅典娜见这个孩子长得非常漂亮，对他非常爱怜，便劝天后赫拉给这个可怜的孩子喂奶。在吃奶的时候，赫拉克勒斯非常用力地吸吮乳汁，让赫拉感到了疼痛，赫拉很生气，粗暴地把赫拉克勒斯扔到了地上。赫拉克勒斯离开了赫拉的身体，可赫拉的乳汁还在往外流淌，有的飞到空中，形成了天上的银河；有的落到地上，变成了洁白的百合。

雅典娜很同情赫拉克勒斯，抱着他来到安菲特律翁的王宫，把他交给了国王的妻子阿尔克墨涅，请她养育这个可怜的孩子。阿尔克墨涅一眼便认出这个孩子就是自己的儿子，她非常高兴地接过来，放到了摇篮里。

这一切其实都是宙斯的安排。阿尔克墨涅由于惧怕赫拉遗弃自己的孩子，结果竟然是赫拉发现并喂养了这个孩子。当赫拉后来得知真相的时候，她气愤极了，下决心要进行报复。

在一个万籁俱寂的夜晚，赫拉将两条蓝色的毒蛇悄悄放进了赫拉克勒斯的房间。这两条毒蛇已经被饿了很多天，一进入房间，便张着嘴，吐着黑色的舌头，四处搜寻食物。

毒蛇很快发现了赫拉克勒斯，慢慢朝摇篮靠近，准备饱餐一顿。此时，赫拉克勒斯也发现了毒蛇，惊恐地哭了起来。可是，周围的人都睡着了，没有一个人来救他。两条毒蛇很快来到摇篮跟前，高高地昂起头，张开大嘴，准备一起朝赫拉克勒斯扑去。就在这时，摇篮里的孩子突然爆发出了神力，伸出两只小手，死死地抓住两条毒蛇，让它们动弹不得。没过多久，这两条凶悍的毒蛇竟然被他活活掐死了。

原来，当初赫拉喂给赫拉克勒斯的乳汁，让他小小的身体拥有了非同凡人的神力，那两条毒蛇非但没有杀死他，反而将他体内的神力激发了出来。

随后，阿尔克墨涅和侍女们闻声赶来，看到赫拉克勒斯安然无恙地躺在摇篮里，两只小手紧紧地抓着两条已经死去的毒蛇，都震惊得目瞪口呆。

此后，国王安菲特律翁和阿尔克墨涅加强了对赫拉克勒斯的看护，同时对他身上异于常人的神力感到惊讶。他们请来最知名的预言家，请他揭示这个孩子未来的命运。预言家看到赫拉克勒斯之后，对他们说："他注定是一个不平凡的人。他将杀死陆地和大海上的诸多魔怪，他将同巨人们战斗并将其击败，他还会经历诸多考验和磨难，最终享有神族永恒的生命，并同青春女神结为夫妻。"

安菲特律翁听完预言家的预言，决定给赫拉克勒斯最好的教育，以帮助他成为真正的英雄。他请来最好的老师，教给赫拉克勒斯各种武功和知识，并亲自教赫拉克勒斯驾驭战车。赫拉克勒斯显示出了超人的天赋和才能，对所学的东西都能很快掌握。他就像一棵挺拔的小树，在一个个园丁的精心培育下，茁壮地成长起来。

里诺斯是太阳神阿波罗的儿子，他不仅博览群书，对音乐尤其是琴技非常精通。于是，安菲特律翁也邀请他来教赫拉克勒斯。里诺斯对学生的要求一向非常严格，有一次向赫拉克勒斯提问，赫拉克勒斯答错了一个问题，他非常生气，狠狠地责打了赫拉克勒斯。赫拉克勒斯被打得也动了气，随手举起身边的竖琴，扔向了里诺斯，结果竖琴砸到了里诺斯的头。由于赫拉克勒斯体内有着无穷的神力，里诺斯一下子便被砸死了。赫拉克勒斯知道自己酿成了大错，后悔不已，可是一切都已经无法挽回。

安菲特律翁知道赫拉克勒斯体内有着无边的神力，担心他会再犯下类似的过错，便让他去山间放牧，锤炼自己的心性。

赫拉克勒斯在山野之间生活了好几年，逐渐长成一个浓眉大眼的英俊少年。他身材高大，体格健硕，两只眼睛炯炯有神。他不仅拥有神力，还武艺高超，无论射箭还是投标枪，都能够百发百中。在他生活的那片山林中，经常有各种野兽出没，袭击牲畜甚至无辜百姓，以其中一头猛狮最为凶悍。赫拉克勒斯得知之后，独自上山，找到狮子的巢穴，将狮子打死，并剥下狮皮，披在肩上，又把狮子的头骨做成头盔戴在头上，然后威风凛凛地走下山去，告诉人们他已经杀死了猛兽。从此以后，赫拉克勒斯成了当地的少年英雄。

一段时间之后，赫拉克勒斯结束了自己的放牧生涯，准备返回王宫。在返回的途中，他遇到了明叶国国王派出的使者，他们要向底比斯人收取年贡。这是一种非常不合理又让人感到屈辱的行为，赫拉克勒斯路见不平，决定拔刀相助。他把使者一个个打翻在地，并动员了一批年轻人来抵抗明叶国的势力。最后，赫拉克勒斯率领众人攻进明叶国的都城，并冲入他们的王宫。

赫拉克勒斯英勇的行为，赢得了底比斯人和全希腊人的称赞，底比斯人还为他竖立了铜像。底比斯国王为了感谢他，把自己的女儿墨伽拉许配给了他。这位半人半神的英雄的事迹，也传到了奥林匹斯山上的众神那里，众神也送给他很多礼物——赫尔墨斯送给他一把宝剑、阿波罗送给他一把神弓、雅典娜送给他一面青铜盾牌……

赫拉克勒斯收到众神送给他的各种珍贵礼物，非常感激，一心想找机会报答。不久之后，机会便来了，宙斯唤他加入反击巨人的战争。这些巨人都是反对宙斯的势力，他们手里拿着燃烧的栎木大棒和巨大的石块，不断向奥林匹斯山发起进攻。众神虽然一个个神力强大，却无法消灭那些巨人，因为巨人们的身上带着一道神谕——只有众神的队伍中有一位凡人参与战斗，才能彻底杀死巨人。因此，来自凡间的赫拉克勒斯起到了关键作用，他带着众神赠送给他的武器，在战场上奋不顾身，勇往直前，立下了赫赫战功。战争结束之后，众神对赫拉克勒斯无不交口称赞。

天后赫拉看到这一切，心里很不平衡。她一直无法放下当初对赫拉克勒斯和他母亲的成见，如今见他在众神面前如此风光，原本压抑着的怨恨之火又燃烧起来，而且又增加了几分嫉妒。

怨恨和嫉妒让赫拉迷失了心智，她又想出了一个恶毒的计划——她用自己的神力，迷惑了赫拉克勒斯的心神，让他把身边的人误认为是战场上的巨人。随后，发了疯的赫拉克勒斯杀死了自己的妻子墨伽拉和他的三个儿子。

赫拉克勒斯清醒过来之后，发现自己铸成了滔天大错，陷入深深的自责和悲哀之中。心灰意冷的他，离开了底比斯，开始了四处流浪的生活。

流浪中的赫拉克勒斯既痛苦又迷茫，不知道自己将要去往何方，更不知道今后人生的方向。在困顿之中，他向特尔斐走去，那里有太阳神阿波罗的神庙，他希望能从那里得到一些启示。

赫拉克勒斯来到特尔斐的阿波罗神庙，得到了神谕。神谕说，他需要到迈肯尼王国当一名臣民，完成国王欧律斯透斯交给他的十二项任务，才能摆脱现在的痛苦，最终去往奥林匹斯山成为真正的神。

原来，当初赫拉克勒斯即将出生的时候，宙斯就有意让他成为迈肯尼王国的国王，他曾向众神宣布：让自己的下一个出生的儿子成为迈肯尼的国王。然而，处于嫉恨之中的天后赫拉悄悄破坏了宙斯的筹划。她暗中指使分娩女神，推迟阿尔克墨涅的产期，让阿尔克墨涅疼痛了七天七夜才生下赫拉克勒斯。同时，赫拉又指使分娩女神让宙斯的另一位情人提前生产，那个孩子便是欧律斯透斯，他本来是个平庸的人，但由于他先出生，便当上了迈肯尼的国王。

赫拉克勒斯得知这一真相之后，非常恼怒，痛恨命运对他的戏弄。可他反复思量之后，决定接受命运对他的考验，去完成迈肯尼国王欧律斯透斯交给他的任务。

他来到迈肯尼，忍受着屈辱，拜见了欧律斯透斯。欧律斯透斯向他宣布了他需要完成的十二项任务，这些任务中的任何一件拿出来，都绝非易事，哪怕是奥林匹斯山上的神灵都要思量再三。赫拉克勒斯听完所有的任务，没有丝毫犹豫地答应了下来。

每一项任务的完成，都相当于创造了一个奇迹。赫拉克勒斯历经各种艰难险阻，经受了各种生死考验，凭借着自己过人的胆识和勇气，一次次化危为安，创造了一个个奇迹。最后，他完成了所有的任务，也完成了自己从人到神的蜕变。

按照宙斯的意志，他来到了奥林匹斯山，赫拉与他和解了，并把自己的女儿青春女神赫柏许配给他，成为他的妻子。

从此以后，叱咤一时的半神英雄赫拉克勒斯，成了一位真正的神。

能工巧匠代达罗斯

（希腊神话）

代达罗斯是雅典国王厄瑞克透斯的曾孙，非常擅长建筑和雕刻，是古希腊杰出的艺术家。他的作品有着高超的艺术造诣，凡是看到的人无不交口称赞。人们都说，经代达罗斯之手雕刻出来的作品，无论人物还是鸟兽，都那样活灵活现——人物的眼睛仿佛会闪动传神，动物仿佛马上就能下地奔跑，鸟儿仿佛下一刻就会飞上天空。代达罗斯就像是造物主，赋予了那些艺术品鲜活的生命。

代达罗斯因为杰出的才能受到越来越多的人尊崇，他也慢慢变得越来越自负和高傲，他觉得自己身上有天才的光环，世界上没有人能够比自己更厉害。

代达罗斯有一个外甥叫塔罗斯，从小跟着代达罗斯学艺。刚开始的时候，代达罗斯很乐意教塔罗斯，尽心尽力地把自己的技能传授给他。但随着时间的推移，塔罗斯逐渐表现出比代达罗斯还要高的天赋。他细心观察自然界，加上自己的奇思妙想，发明了很多工具。比如，他模仿蛇骨发明了锯子，将两根铁棍绑在一起发明了圆规。这些天才般的发明，让人们赞叹不已。有时，当人们同时面对代达罗斯和塔罗斯的作品时，竟然有很多人认为塔罗斯的作品更胜一筹。

嫉妒之火开始在代达罗斯心中蔓延，让他越来越难以忍受。终于有一天，被嫉妒迷失心智的代达罗斯，趁着塔罗斯不备，把他从雅典卫城的城墙上推了下去。

代达罗斯偷偷掩埋死去的塔罗斯时，刚好有人路过，看到他正在填土，便问他在埋什么。代达罗斯有些慌张地回答道："没……没什么，是一条蛇。"

然而，纸终究包不住火，不久之后，代达罗斯杀害塔罗斯的事实被越来越多的人知道了。法庭决定逮捕并起诉他，如果谋杀罪名成立，他将被判处死刑。

为了逃避惩罚，代达罗斯逃走了，开始四处流浪的生活。他辗转了很多地方，最后来到克里特岛，成为国王弥诺斯的座上宾。

代达罗斯来到克里特岛不久，国王弥诺斯便委派他建造一栋住所，给一个叫弥诺陶洛斯的怪物居住。弥诺陶洛斯是一个牛头人身的怪物，给当地带来了很多灾难。弥诺斯希望代达罗斯建造的房子能够把弥诺陶洛斯困在里面，永远无法出来。这对于代达罗斯来说并不是什么难事，他创造性地建造了一座迷宫，中间全部是迂回曲折的设计，凡是走进去的人，都会眼花缭乱，根本找不到出口。

这座迷宫建好之后，代达罗斯前去检查，连他自己都差一点没走出来。国王弥诺斯非常满意，把怪物弥诺陶洛斯藏在迷宫深处，从此便再也无法出来为非作歹了。

代达罗斯的才能在克里特岛得到了充分的发挥，他在这里也受到人们极高的赞誉，被当地人视为最有名望的艺术家。然而，代达罗斯并没有感到多么快乐，这里毕竟不是他的故乡，离开家乡越久，他对故土的思念就越强烈。

而且代达罗斯慢慢发现，国王弥诺斯表面上很器重他，实际上只是希望他更多地为自己服务，只是把他当作一个工具而已。当代达罗斯提出想要返回家乡的请求时，弥诺斯不但一口拒绝，还传令下去，严守克里特岛的各个出口，严禁代达罗斯私自离开。

看穿弥诺斯的真面目之后，代达罗斯更加心灰意冷，他决定想尽一切办法从这里离开，不愿继续在这个孤岛上度过一生。苦思冥想之后，他终于想到了一个好办法，他高兴地自言自语道：“弥诺斯虽然可以从陆地和大海上封锁我的去路，但他封锁不了天空，我可以从天上逃走！”

代达罗斯开始了他充满想象力的出逃计划。他先是收集各种大大小小的羽毛，然后用他高超的技艺将它们拼接在一起，再用麻线编织，用蜜蜡封牢，最后，把羽毛微微弯曲，看上去就跟鸟的羽翼一模一样。

代达罗斯有一个儿子叫伊卡洛斯，总是跟在父亲身旁，好奇地观察着父亲的一举一动。他一会儿伸手去抓被风吹动的羽毛，一会儿用手指揉捏黄色的蜜蜡。代达罗斯看着孩子笨拙又可爱的样子，露出会心的微笑，他暗暗下定决心，一定要带着自己的儿子回到家乡。

代达罗斯制作了两双翅膀，一双大的是自己的，一双小的是儿子伊卡洛斯的。翅膀做好之后，代达罗斯先将其绑到自己身上，轻轻扇动，慢慢找准平衡，然后像鸟儿一样轻盈地飞到了空中。他落到地上，给儿子也绑好翅膀，然后教他如何飞翔。他叮嘱伊卡洛斯：“亲爱的孩子，你一定要注意，当我们向远方飞行的时候，既不能飞得太高，也不能飞得太低。飞得太高，阳光会毁掉翅膀；飞得太低，海水又会打湿翅膀。无论哪种情况，都会让你从空中坠下来。切记切记！”

出发的时间到了，代达罗斯给伊卡洛斯绑好翅膀，自己也收拾妥当，然后带着儿子一起飞到空中。代达罗斯在前面飞，

让伊卡洛斯紧紧跟着自己，他不时地回过头来，看一看儿子的状态。伊卡洛斯非常有天赋，飞得非常熟练，那双翅膀就像长在他身上一样自如。看到儿子娴熟的样子，代达罗斯才放下心来。

然而，让代达罗斯没有想到的是，灾祸很快便降临了。由于越飞越熟练，越飞越自如，伊卡洛斯不由得扬扬得意起来。他觉得自己可以完全掌控翅膀，可以飞得更随心所欲一点。于是，他悄悄离开父亲，朝高处飞去，享受着飞翔的快感。他越飞越高，离太阳也越来越近，紧接着，炽烈的阳光融化了黏合翅膀的蜜蜡，羽翼开始脱落、解体，最后从他的肩头滚落下去。失去了翅膀，伊卡洛斯自然无法再继续飞翔，他就像一块石头，瞬间从空中坠落。他绝望地摆动着双臂，还没来得及呼喊，就被波涛汹涌的大海吞没了。

这一切发生得很突然，代达罗斯根本没有察觉。等他像之前那样回头去看时，才发现儿子不见了。他顿感不妙，大声呼唤儿子的名字，却得不到任何回应。随后，他惊恐地发现，在身下的大海上，浮起了大片的羽毛。他知道伊卡洛斯一定凶多吉少，赶紧降落在附近的一座海岛上，在海岛的岸边来回寻找。不久之后，海浪把伊卡洛斯的尸体推了过来。代达罗斯伤心欲绝，在海岛上掩埋了儿子。从此以后，这个埋葬伊卡洛斯的海岛便被叫作伊卡利亚。

代达罗斯带着悲痛继续上路，不停地向前飞行，翅膀在飞行中也受到了损坏。最后，他降落在一个叫西西里的大岛上。这个岛的国王是科卡罗斯，他跟克里特岛的国王弥诺斯一样，也把代达罗斯奉为上宾。很快，代达罗斯的艺术才能，同样震惊了西西里岛的居民。他带领当地的居民修建了一个人工湖，又通过一条大河连通了湖和大海，这样的工程让所有人都赞叹不已；他在峭壁上建造了一座坚固的城堡，入城的路只有一条羊肠小道，可谓是真正的易守难攻，国王科卡罗斯在这里存放自己最爱的珍宝；他还在西西里岛上挖了一个深邃的地洞，可以巧妙地利用地火生成的热气，就像安装了天然的取暖设施，整个地洞里永远保持着干燥和温暖。后来，他还扩建了阿佛洛狄忒神庙，并献给这位女神一个金制的蜂房，那个蜂房可谓无与伦比，精巧细腻得跟真实的蜂房一模一样。

代达罗斯在西西里岛的名声越来越大，很快传到了克里特岛国王弥诺斯那里。弥诺斯当即决定，要亲自率领军队去西西里岛，把代达罗斯抓回来。弥诺斯率领一支强大的舰队，浩浩荡荡地向西西里岛驶来。靠岸之后，他先派出使者去见科卡罗斯，让对方交出逃走的代达罗斯。科卡罗斯表面上对使者很客气，实则对弥诺斯率军入侵之举感到非常愤怒，他暗下决心，要让弥诺斯为此付出代价。

科卡罗斯假装接受弥诺斯的一切要求，并邀请他来王宫与自己会晤。毫无防备的弥诺斯应约前来，科卡罗斯热情周到地接待了他。会晤之后，科卡罗斯对弥诺斯说："经过长途的奔波，你一定很累吧？我给你准备了热水，你去好好泡个热水澡，缓解一下身上的疲劳。"

弥诺斯非常高兴，认为科卡罗斯想得非常周全，便点头答应了。他来到浴室，脱去衣服，躺到浴缸中，准备好好放松一下。这个时候，科卡罗斯悄悄下令，让人不断地给浴缸加热，直至把水煮沸，弥诺斯就这样被烫死在了浴缸里。

随后，科卡罗斯把弥诺斯的尸体交还给克里特人，并向他们解释说，他们的国王在沐浴时不慎失足，掉进了沸水池。克里特岛的士兵们无奈，只能接受这个结果。他们给弥诺斯举行了隆重的葬礼，然后返回了克里特岛。

此后，代达罗斯便留在了西西里岛，一直受到科卡罗斯国王的优待。他在西西里岛培养了许多能工巧匠，很多都成了建筑和雕刻艺术的奠基人。后来，代达罗斯在这里创建了欧洲第一所建筑雕刻艺术学校。

然而，无论代达罗斯取得了多么高的成就，他都没有真正快乐过，因为在他的内心深处，一直想念着死去的儿子伊卡洛斯，还有一直未曾回去的故乡。他创造了很多伟大的作品，给当地的人们带来了愉悦和幸福，但他自己一直生活在抑郁和痛苦之中。最后，他在西西里岛去世，被埋葬在这里。

俄耳甫斯和欧律狄刻

（希腊神话）

俄耳甫斯是太阳神阿波罗的儿子，他的母亲是缪斯九女神之一的卡利俄帕，这样的身世使得他生来就具有非凡的艺术才能。俄耳甫斯十二岁生日的时候，父亲阿波罗送给他一把七弦琴，并邀请缪斯女神们做他的老师。

俄耳甫斯没有辜负父亲的期望，成了一名出色的音乐家。他不仅有天籁般的歌喉，还有一双弹琴的圣手。据说，俄耳甫斯的歌声和琴声能够让人神陶醉，让妖魔入迷，猛兽听了会变得温顺，树木听了会频频点头，河水听了会停止流动，连坚硬的石头听了都会变得柔软。他举世无双的音乐才华，让他一向自负的父亲阿波罗都自叹不如。

才华横溢的俄耳甫斯，自然是万千少女喜欢的对象，可他深爱的人只有一个，那便是美丽的水神欧律狄刻。从见到欧律狄刻的第一刻起，俄耳甫斯便深深地爱上了她。欧律狄刻也被俄耳甫斯深深吸引，尤其沉醉在他动人的音乐里。不久之后，两位有情人便结了婚，他们相亲相爱，生活得非常幸福。

然而，好景不长，不幸突然降临。一天，欧律狄刻和几个女伴在山谷中散步时，被草地里的一条毒蛇咬了一口。很快，毒液蔓延到全身，欧律狄刻挣扎着倒在女伴的怀里，痛苦的呻吟声在山谷里回荡，不久之后便毒发身亡。

听到妻子去世的消息，俄耳甫斯不敢相信自己的耳朵。当他看到欧律狄刻的遗体时，难过得几乎要昏厥过去。他每天抚着七弦琴，在妻子去世的山谷如泣如诉地吟唱，诉说着内心的忧伤。他那令人心碎的歌声在山谷里回荡，动物们听了全都流下眼泪，鲜花们听了都掩上花蕊，山谷里的溪流听了也停止流淌，生怕打扰到悲伤的俄耳甫斯。

可是，无论他如何悲伤地歌唱，心爱的妻子都已经离他而去，再也回不来了。后来，有人告诉他，他的妻子去世之后会前往地府，那里是冥王哈得斯统治的地方。俄耳甫斯听说后，当即决定前往可怕的地府，把妻子带回人间。

俄耳甫斯跋山涉水，日夜兼程，最后在一座大山脚下找到了通往地府的入口。俄耳甫斯走进去，里面是一个狭小而黑暗的洞穴。他沿着洞穴走了很久，听到了潺潺的水声——原来是来到了冥河。在冥河边，他遇到了摆渡亡灵的艄公卡戎。俄耳甫斯请求卡戎载他过河，卡戎果断地拒绝道："只有亡灵才有资格坐我的船，你赶快走吧，这里不是你该来的地方。"

俄耳甫斯没有放弃，他坐在河边，弹起了七弦琴，琴声悠扬婉转，动人心扉。卡戎从来没有听过这么好听的音乐，他被俄耳甫斯深深打动了，最终同意破例一次，把俄耳甫斯送到冥河对岸。

俄耳甫斯刚到对岸，就有无数可怕的亡灵扑了过来，他们张牙舞爪，恨不得把俄耳甫斯撕成碎片。俄耳甫斯镇定心神，一路上不停地弹奏着七弦琴。亡灵们听到琴声，一个个都安静下来，如痴如醉地沉浸其中，纷纷给俄耳甫斯让开了一条路。

俄耳甫斯一路向前，终于来到地府门口。然而，看守地府大门的，是一只可怕的怪物——拥有三个脑袋的恶狗刻耳柏洛斯。刻耳柏洛斯一看到俄耳甫斯，便对他厉声狂吠。俄耳甫斯再一次拿出他的七弦琴，琴声一响，刻耳柏洛斯便立刻陶醉在琴声里，安静了下来，温顺地卧在一旁。俄耳甫斯悄悄从它身旁跨过，终于进入了地府。

当俄耳甫斯来到冥王哈得斯和冥后珀尔塞福涅面前时，他们都大吃了一惊，想不到一个凡人居然能来到地府。俄耳甫斯流着泪，弹着琴，用歌声说明自己的来意，并诉说了一路上遇到的艰难险阻和对妻子忠贞不渝的爱恋。缠绵凄婉的旋律，如泣如诉的歌声，在地府久久回荡，冥王和冥后都被深深感动，答应了俄耳甫斯的请求，准许他的妻子欧律狄刻重返人间。不过，冥王最后向他提出了一个要求：在离开冥界之前绝不能回头，否则，他的妻子将不能回到人间。

俄耳甫斯没有多想，满心欢喜地答应了冥王。随后，冥王果真把欧律狄刻带了过来，然后让俄耳甫斯带着她离开地府。

夫妻二人拜谢过冥王和冥后，随即踏上了返回人间的路。他们穿过三头狗看守的大门，坐着艄公卡戎的船过了冥河，然后沿着漆黑的洞穴一直向前，不知道走了多久，前面还是一片黑暗，根本看不到出口。俄耳甫斯心急如焚，感觉这条路比他来时要长百倍千倍，他恨不得能生出翅膀，带着心爱的妻子直接飞到人间。

终于，前方出现了微弱的亮光，俄耳甫斯心中瞬间燃起了希望。随着亮光越来越大，越来越强，俄耳甫斯断定前面就是出口。他高兴极了，连忙招呼身后的妻子，想拉着她一起奔向光明。可就在这一刻，俄耳甫斯被兴奋的心情冲昏了头脑，忘了冥王提出的要求，在伸手去拉妻子的时候，回头看了一眼。

就在他回头的一瞬间，死神又一次把他的妻子带往了地府，他甚至都没有看清妻子的身影，妻子便从他的视线中消失了，梦幻一般地消失了。

“别了！”黑暗中传来欧律狄刻绝望的声音，“亲爱的，永别了……”

俄耳甫斯发疯一般地向黑暗中追去，一直追到冥河岸边。可是这一次，艄公卡戎无论如何都不肯再载他过河了。为了防止俄耳甫斯再用琴声打动自己，卡戎甚至把自己的耳朵堵住，这样他就再也听不到琴声了。

伤心欲绝的俄耳甫斯无法再进入地府，但又舍不得离开，他在冥河边来来回回地徘徊，不吃不睡，整整七天七夜。期间，他用琴声和歌声控诉不公的命运，控诉冥王的残忍，诉说自己满腔的悲愤。这哀怨的琴声和歌声，连周围的岩石听后都流出了泪水。

从此以后，俄耳甫斯对一切都丧失了兴趣，独自一人在荒野上流浪。他的七弦琴被高高地挂在大树上，久久不再发出一丝声响。他经常一个人爬到高山之巅，或者进入丛林深处，和野兽为伍，与鸟禽做伴。偶尔放声高歌，也全是悲伤的曲调。

后来，由于不敬重酒神，俄耳甫斯被酒神的几个疯狂的女信徒杀害，头颅被扔进了大海。海浪把他的头颅一直带到斯伯斯岛，后来这里成了抒情诗歌的故乡，据说那里夜莺的叫声比其他任何地方的都要动听。

俄耳甫斯的母亲卡利俄帕将儿子的尸体埋葬在奥林匹斯山上。阿波罗非常痛惜自己的儿子，便去请求自己的父亲宙斯。

宙斯也很同情俄耳甫斯的经历，便把他的七弦琴高高悬在天上，点缀着苍茫的天穹，这便是天琴座的由来。

俄耳甫斯死后，他的魂灵也前往了地府。在那里，他见到了心爱的妻子欧律狄刻。他们紧紧拥抱在一起，两个相爱的人终于得以团聚。

特洛伊战争

（希腊神话）

一

古希腊有一个英雄叫帕琉斯，他征服了天上的神女忒提斯，两人最后结为夫妻。婚礼那天，奥林匹斯山上的众神也受邀前来，大家欢聚一堂，给这一对新人送来礼物和祝福，婚礼隆重而热闹。

就在众神在婚宴上开怀畅饮的时候，有一个人却对这场婚礼怨恨不已，她就是不和女神厄里斯。由于帕琉斯的疏忽，他在邀请天上的诸神时，偏偏遗忘了厄里斯。原本就喜欢挑起事端的不和女神，为此怒火中烧，决定报复诸神，要在他们之间挑起纷争。

厄里斯悄悄来到婚宴上，把一颗金苹果放到了宴席的桌子上，金苹果上刻了一行字：送给最美的女神。

很快，众神发现了这颗金苹果，并看到了刻在上面的字。既然是送给最美的女神的，那究竟谁才是最美的呢？争论的焦点很快集中在三位女神身上，她们分别是宙斯的妻子天后赫拉、智慧女神雅典娜和爱神阿佛洛狄忒，她们都认为自己才是最美的，都想把金苹果据为己有，互不相让。最后，争执不休的她们来到宙斯面前，请他做个评判，金苹果到底应该给谁。

宙斯也很为难，这三个人中，赫拉是自己的妻子，雅典娜是自己的女儿，无论他选择谁，都会令其他人不满。最后，宙斯决定，让人间的一位青年来评判，他认为她们三个中谁最美，就把金苹果给谁。这位青年是谁呢？宙斯给出的名字是帕里斯。

帕里斯是特洛伊王国的王子，在他出生的时候，有人曾预言，他将给特洛伊王国带来毁灭性的灾难。于是，在帕里斯很小的时候，老国王普里阿摩斯便把他流放到偏远的伊达山，交给那里的牧羊人看管。随着时间一天天过去，帕里斯慢慢成为一位闻名全国的俊美少年。

遵照宙斯的指示，赫拉、雅典娜、阿佛洛狄忒来到伊达山，找到正在放羊的帕里斯，请他评判她们三人谁才是最美的。为了让帕里斯选择自己，三位女神都向他承诺了自己的礼物。

赫拉说：“如果你选择我，我可以给你至高无上的权力和财富。”

雅典娜说：“如果你选择我，我可以让你战无不胜，成为一代战神。”

阿佛洛狄忒说：“如果你选择我，我可以让你得到世界上最美的女人的垂青。”

帕里斯心想：“权力和财富，等我继承王位的时候自然就有了；至于战无不胜，只要我足够努力，练就一身本领，也不算难事；唯独美人的爱情，并不是随随便便就能得到的。”于是，经过一番思量之后，帕里斯选择了阿佛洛狄忒，判定她是最美的女神。阿佛洛狄忒也决定履行承诺，要把世界上最美的女人送给帕里斯。

在当时，世人公认的最美的女人叫海伦。海伦是古希腊斯巴达国王廷达瑞俄斯的女儿，有着倾国倾城的容貌，每个见到她的人都会为她倾倒。从她少女时代起，就有无数的追求者向她求婚，这些求婚者一个个都是古希腊的贵族和英雄。海伦的父亲担心，如果选择其中一个，则会得罪其他的求婚者，便让他们都当众立誓，无论海伦最终成为谁的妻子，其他的求婚者都必须与海伦的丈夫建立同盟，共同反对伤害海伦或者破坏她的婚姻的人。最后，海伦跟墨涅拉奥斯结了婚。墨涅拉奥斯与海伦结婚后，继承了斯巴达的王权。

就在这个时候，阿佛洛狄忒带着帕里斯漂洋过海来到了希腊。墨涅拉奥斯把帕里斯当作尊贵的客人，高兴地接待了他。随后，在阿佛洛狄忒的帮助下，帕里斯得到了海伦的爱，两个人决定私奔。帕里斯把海伦偷偷藏在自己随行的队伍中，带着她回到了特洛伊王国。

发现海伦被帕里斯带走之后，墨涅拉奥斯大怒，立即召集全希腊的英雄，这些英雄都曾向海伦求过婚，也发过誓，墨涅拉奥斯呼吁大家兑现誓言，共同出兵，夺回海伦。

在墨涅拉奥斯的召集下，全希腊的英雄很快集结到了一起。他们中有希腊最勇敢的武将阿喀琉斯，有力大无穷的埃阿斯，还有足智多谋的奥德修斯。这些英雄率领着自己的部下，组成了一支庞大的军队，有十万之众。他们乘着战舰，破浪前行，浩浩荡荡地向特洛伊城逼近，历史上著名的特洛伊战争便由此开始了。

二

特洛伊战争打得非常惨烈。希腊的英雄们个个英勇善战，十万大军更是战力强大，可是特洛伊城自古就被称为无法攻克之城，无论希腊军队如何进攻，就是无法攻下这座固若金汤的城池。

很多人都在这场战争中失去了生命，有进攻一方的希腊英雄，也有防守一方的特洛伊人。抢走海伦的帕里斯，也在一场战斗中被毒箭射中，最后全身溃烂而死。尽管如此，意志坚定的特洛伊人并没有退缩，他们依然坚守城池。一年又一年过去了，希腊军队的进攻持续了近十年，他们使出了浑身解数，依然没有攻克特洛伊城。

眼看着战局一直僵持不下，希腊的英雄们请来了预言家卡尔卡斯，希望能从他那里得到一些帮助。

卡尔卡斯说："特洛伊自古就被称为不可攻克之城，你们这样强攻注定是徒劳的，应该想办法智取。"

英雄们问："应该如何智取呢？"

卡尔卡斯说："办法需要你们自己去想。不过，昨天我得到了一个预兆，现在讲给你们听听，希望能对你们有所帮助。"

英雄们说："请讲。"

卡尔卡斯说："一只雄鹰追逐一只鸽子，鸽子躲进了狭窄的岩缝。雄鹰想尽一切办法，也钻不进岩缝逼出鸽子。最后，雄鹰悄悄躲进旁边的灌木丛，鸽子以为雄鹰走了，便从岩缝里飞了出来，雄鹰立即扑上去抓住了它。"

卡尔卡斯说完便离开了。希腊的英雄们开始苦思冥想，希望能够想出一条妙计，来结束这场旷日持久的战争。可他们绞尽脑汁，还是毫无头绪。最后，还是足智多谋的奥德修斯从卡尔卡斯的话中得到了启发。

奥德修斯说：“雄鹰钻不进岩缝，不正像我们攻不进特洛伊城吗？雄鹰假装离开，结果鸽子自己飞了出来，如果我们也假装撤退，那么特洛伊人自然也会放松警惕。”

“可即便如此，还是攻不进特洛伊城啊！”其他英雄说。

“别急，”奥德修斯说，“我们需要想一个办法，趁着特洛伊人放松警惕，将我们的人偷偷送到城里，然后里应外合，就不愁打不败他们了。”

“用什么办法才能把我们的人送到城里呢？”

“容我想一想。”奥德修斯思索了一会儿，突然眼睛一亮，兴奋地说，“我们来造一个木马吧！造一个巨大的木马，可以让我们最英勇的战士藏在里面，然后让特洛伊人把木马运到他们的城池里。”

“让特洛伊人把木马运到城里，这怎么可能呢？如何保证他们会这么做呢？”其他英雄还是充满疑惑。

奥德修斯微微一笑，胸有成竹地说：“不用担心，我自有办法。”

尽管还有很多疑问，可大家知道，奥德修斯一向足智多谋，相信他应该没错。随后，大家都返回营帐休息去了。

在他们中间，有一个叫厄帕俄斯的英雄，是一位能工巧匠。当天晚上，他在梦中见到了女神雅典娜。雅典娜告诉他，她已经知道了他们的计划，她将帮助他们建造那个巨大的木马。随后，雅典娜把需要什么木材、需要什么工序、需要怎么安排人手都告诉了厄帕俄斯。

厄帕俄斯醒来之后，立即将女神托梦的事情告诉了大家。有了神灵的帮助，希腊英雄们更加坚信，奥德修斯的计谋一定能够取得成功。于是，大家立刻开始行动，按照雅典娜的吩咐，先是去爱达山砍伐粗壮高大的松树，然后把木头运到海滩，由厄帕俄斯负责制作木马。他先造了马腿，马腿像四根粗大的柱子；然后造了巨大的马腹，马腹内部像一间宽敞的屋子；马腹上面，又造了拱形的马背，像是高高的屋顶；最后，又装上逼真的马头、马尾和精致的马鬃，上面的毛发栩栩如生，仿佛可以随风飘动。马的两只耳朵高高竖起，两只眼睛炯炯有神，看上去就跟一匹真马一样。由于有雅典娜的暗中帮助，完成这么一个庞大又精巧的工程，他们只用了三天时间。

巨大的木马在夜色中悄悄矗立在特洛伊城外的海滩上，特洛伊人无论如何也想不到，他们的噩梦伴随着这匹木马的诞生开始了。

三

奥德修斯站在巨大的木马下面，对希腊的英雄们说："各位英雄，我知道你们每个人都英勇善战，现在到了更加需要展示你们的勇气和毅力的时候了！我们需要有人钻进这个木马的腹中，等待特洛伊人把你们运到城内。在等待的这段时间里，需要你们有足够的勇气去面对无边的黑暗和未知的危险。请相信我，钻进马腹比迎战敌人更需要胆魄，只有最勇敢的战士才能做到！如果有谁考虑好了，请站出来吧！"

在众人的注目下，一个又一个英雄从队伍中站了出来，他们默默地走向木马，钻进幽暗的马腹。最后一个进去的，是木马的制造者厄帕俄斯。他钻进去之后，从上面把梯子拉进去，关上马腹上的暗门，从里面把门拴好。然后，他和之前进来的众多英雄一起，挤坐在马腹里，迎接未知的命运。

奥德修斯注视着厄帕俄斯钻进马腹，关上暗门，回过头来对剩下的英雄们说："我知道还有许多英勇的战士想要进去，但是马腹的空间有限，只能这样了。现在，还有一个更加艰巨和凶险的任务需要完成，我需要一个既有胆量又机智的人留在木马的外面，等待特洛伊人出现。毫无疑问，他将面临更大的危

险，有谁愿意承担这一重任呢？”

留在木马外面，等待特洛伊人出现，这无疑是自投罗网。大家听后，都迟疑起来，没有一个人敢站出来。

奥德修斯叹了口气说：“我知道，我能理解，你们宁愿战死沙场，也不愿做特洛伊人的俘虏。所以，我需要一个足够机智的人，能够用他的巧言善辩骗取特洛伊人的信任。”

这时候，一个年轻人从人群中站了出来，坚定地说：“我愿意去完成这个任务。”

奥德修斯非常高兴，但他并不认识这个年轻人，便问他道：“勇敢的战士，你是谁，叫什么名字？”

年轻人回答道：“我叫西农。”

奥德修斯拍了拍西农的肩膀，说：“西农，这一战过后，全希腊人都将记住你的名字。”

随后，奥德修斯对整个计划做出周密的部署，全体希腊战士紧密配合，开始有条不紊地实施奥德修斯的计划。

除了潜藏在木马腹中的战士，其余的希腊军队一夜之间全部撤退，他们烧掉帐篷和营具，登船起航，离开了特洛伊城。

特洛伊城上的守卫很快发现了海岸上的火光和烟雾，他们仔细观望，发现希腊战船已经离去，逐渐消失在海面上。

“希腊人走啦！他们终于走啦！”欢呼声开始在特洛伊城中响起。

不过，特洛伊人并没有完全放下戒备，他们派出一支全副武装的队伍，前往希腊人驻扎的海滩侦察。在希腊军队扎营的地方，特洛伊人发现了那匹巨大的木马。他们围着它，反复打量它，一个个惊讶不已，因为它完全可以算得上是一件令人惊叹的艺术杰作。

希腊人什么都没有留下，除了这匹巨大的木马。围绕着这匹木马的去留，特洛伊人争论起来。有的人说："这匹木马一定是希腊人逃走时无法带走而留下的，我们应该把它搬进城，作为胜利的纪念品，让后人永远记得我们的功绩！"

另外一批人立即反对道："万万不可！千万不要小看狡猾的希腊人！这匹木马非常古怪，说不定里面隐藏着希腊人的阴谋。我们应该把它推进大海，或者直接一把火烧掉，这样才能万无一失！"

就在这时，有人发现了藏在马腹下的西农，他立刻被拖了出来，无数的刀枪剑戟指向他，仿佛随时要将他碎尸万段。

西农一副惊恐万状的表情，惟妙惟肖地按照奥德修斯之前向他交代的说道："天哪！我还能去哪里呢？希腊人将我赶了出来，现在特洛伊人也要杀死我！"说着，他朝天空伸出双臂，放声大哭起来。

特洛伊人警惕地问道："你是谁？为什么希腊人把你赶了出来？"

“我是被他们选中的祭品，原本要被祭祀众神，后来趁着他们撤退才得以逃脱，躲在这神圣的木马之下。”西农一边说，一边擦着眼泪，“我知道，我已经无法再回到故乡了。现在落入你们手中，你们是想仁慈地饶我一命，还是要像我的同乡一样将我凶残地处死，全凭你们发落了！”

特洛伊人听完西农的话，很受感动，连他们的国王普里阿摩斯也相信了，还对他说了一些抚慰的话。他们允许西农在特洛伊城内安身，但提出了一个条件——他必须把那匹木马的秘密告诉他们。特洛伊人对木马一直充满好奇，因为他们亲眼看到，每当西农提及木马的时候，表情总是十分的虔诚和敬畏。

西农听到他们提出的条件，一副被逼无奈的表情。他犹豫了很久，最后才像是下了很大决心似的说：“好吧，我可以告诉你们，但我需要先向众神祷告。”

说着，他跪在地上，举起双手祷告道：“众神在上，我作为祭品已经给你们献过祭了。现在是希腊人抛弃了我，特洛伊人救了我，我和希腊人的关系已经断绝，如今我泄露他们的秘密，不能再算是一种罪过！众神在上，请接收我的祈祷吧！”

西农认真地祷告完，站起身，小心翼翼地说出了木马的秘密：“这匹木马，是希腊人献给女神雅典娜的祭礼，以请求她在战争中给予援助。然而，近日预言家卡尔卡斯突然得到神谕，要让所有希腊人立即乘船回去。于是，他们连夜离开了这里，但这匹木马太过巨大，他们无法带走。你们或许会问，他们为什么要把木马造得这样巨大？那是因为他们要让你们无法把它拖进城门，因为一旦木马进入特洛伊城，女神雅典娜保护的就是你们而不是他们了。他们把木马留在这里，最希望看到的就是你们把木马毁掉。事实上，他们认为你们一定会这么干，一旦这样，天神必然会惩罚你们，这也正是卡尔卡斯得到的神谕中的话。希腊人在等待天神惩罚你们，然后他们会再次出兵杀来，夺取你们的城池。”

西农的这一番话，前后编织得天衣无缝，无论国王普里阿摩斯还是所有的特洛伊人，都对此深信不疑。

四

特洛伊人听信了西农的话，立即派人把木马保护了起来，不让任何人破坏它。然后，他们在城墙上凿开一个大洞，在木马的四只脚下安装了轮轴，又在木马的脖颈上套上一根粗绳，大家一起喊着号子，把木马向特洛伊城内拖去。

几乎全城的人都前来观看了，男孩和女孩跟在拖拽木马的队伍后面，唱着歌，跳着舞，所有人都兴高采烈，像是在庆祝一个隆重的节日。当木马通过城墙的洞口时，接连被阻挡了四次，才终于进了城。每一次木马颠簸时，马腹中都会传出金属撞击的声音，可是特洛伊人都太兴奋了，欢呼的声音盖过了一切，谁都没有察觉。最后，他们把木马拖到卫城，安置在广场上，大家围着它又唱又跳。

所有的特洛伊人都在欢呼和庆祝，只有一个人例外，她便是女预言家卡珊德拉。她站在人群中，低垂着头，目光呆滞，脸部因为激动而微微颤抖。她已经看穿了希腊人的诡计，看到特洛伊城即将覆灭的危险。她披头散发，眼睛里猛然迸射出灼热的火花，然后摇晃着身子在大街小巷的人群中奔跑起来。

卡珊德拉一边奔跑一边呼喊："特洛伊人啊，你们还不知道死亡马上就要降临了吗？我已经看到，这座城市即将充满血腥和火光，死神即将从木马的腹中冲出来！你们居然还欢呼着把它送到我们的卫城！你们为什么都不相信我呢？死亡马上就要降临了！快醒醒吧，特洛伊人！"

然而，所有人都把卡珊德拉当成了疯子，没有一个人相信她，面对她的呐喊，人们回报给她的只有讥笑和嘲弄。

当天夜里，特洛伊人继续狂欢，他们唱歌跳舞，饮酒作乐，欢笑的声浪一波接着一波。人们吹奏笛子，弹起竖琴，唱着欢乐的歌。酒杯被一次又一次地斟满，连守卫的士兵都喝得酩酊大醉，完全解除了戒备。

西农也混在狂欢的人群中，跟着大家一起庆祝。后来，他假装不胜酒力，躺下睡着了。到了深夜，他悄悄起身，偷偷摸出城门，来到高处，点燃火把，高举着不断晃动。然后，他熄灭火把，来到卫城，跑到木马跟前，轻轻敲了敲马腹。马腹里的英雄们听到信号，打开暗门，放下木梯，悄无声息地钻了出来。随后，他们分散到各个街道上，开始放火烧城，同时打开了城门。

这时候，希腊战士潮水一般涌了进来。原来，当初希腊军队撤退只是假象，实际上他们并未走远，而是躲在附近的忒涅多斯岛。他们看到西农发出的火把信号后，立即拔锚起航，乘着风直奔特洛伊城而来。还在睡梦中的特洛伊人被喊杀声惊醒，等他们反应过来的时候，一切都迟了。希腊人手中的火把、房屋燃烧发出的火光，把特洛伊城照得如同白昼。如今整个城市都变成了战场，战斗越来越激烈，也越来越残酷。

特洛伊城到处充斥着杀戮，大地上流淌着鲜血，乌云在天空漫卷，遮挡了星月的光辉。山川震荡，大海呜咽，连天上的众神都在悲叹特洛伊城的陷落。整整打了十年的特洛伊战争，就这样以希腊人的胜利、特洛伊城的毁灭结束了。

推石头的西西弗斯

（希腊神话）

西西弗斯是一个非常聪明的人，他才智过人、头脑灵活，不管遇到什么事情，碰到什么困难，总能想到巧妙的解决办法。他带领众人，创建了科林斯城邦，并让大家在那里安顿下来。他发挥自己的聪明才智，教会人们很多技艺，让人们的生活越来越好。越来越多的人愿意追随他，最后，他被推举为科林斯的国王。

在西西弗斯的治理下，科林斯的百姓安居乐业，生活欣欣向荣，西西弗斯在科林斯人民心中的威望也越来越高。在科林斯城的后面，有一座护城山，西西弗斯率领众人，在山上建了一座坚固的卫城，用来抵御外敌的入侵。在卫城之上，他又建了一座高高的瞭望塔，可以随时瞭望远处的状况。

卫城建好之后，西西弗斯经常来到这里，登上高高的瞭望塔，一动不动地眺望远方。别人问他在看什么，他回答道："从这里可以看到天神居住的地方。"

人们都对他的话将信将疑。实际上，西西弗斯的确有一双普通人所没有的慧眼，能够看到常人看不到的东西——比如神的踪迹。

这一天，西西弗斯像往常一样来到卫城的瞭望塔，向远处眺望。他看到一只巨鹰在正南方低低地飞翔，巨鹰的爪子抓着一团白色的东西。其他人都认为那是一只羊羔，但目光敏锐的西西弗斯一眼便看出，那不是羊，而是一个穿着白袍的少女。他知道这件事非同一般，便没有告诉任何人。

几天之后，一位老者来到科林斯，他身材高大，穿着一件绿袍，头上戴着一顶花冠。老者自称是河神伊索普斯，想要寻求西西弗斯的帮助。他对西西弗斯说："我最美丽的女儿伊琴娜，几天前去草丛里采花的时候突然失踪了，直到现在还没有找到。我知道你是这里最聪明的人，你是否知道我女儿的消息，或者看到了她的踪迹？"

西西弗斯叹了口气，说："伊索普斯，我很理解你的心情，我也的确看到过你女儿的踪迹，她被一位天神带走了。不过，我劝你还是不要问我他是谁，因为他的神威远比你大。如果我泄露了他的秘密，你我二人恐怕都会遭殃。”

伊索普斯听完西西弗斯的话，苦苦哀求道：“伊琴娜是我最爱的女儿，如果找不到她，我的生命将失去意义。如果你告诉我她的消息，我将尽我所能，满足你的任何要求。”

西西弗斯思索了一下，又叹了口气，说：“好吧，既然你这么坚持，那我就告诉你吧。不过，我还真有一个愿望想让你帮我实现。”

“你说吧，只要我能办到。”

“正是在你能力范围之内的事。”西西弗斯说，“你也知道，我在科林斯建造了坚固的卫城，可以说是牢不可破，但是城内没有水源，一旦有敌军围城，便无法长久地对抗。如果你能给科林斯一处四季长流的水源，我就告诉你你女儿的下落。”

“没问题。”伊索普斯说，“我是河神，你这个愿望对我来说的确不是难事。”

说完，伊索普斯伸出右脚，在地上踏了三下，一道清澈的泉水便从地下冒了出来。

西西弗斯看到之后，也遵照约定，对伊索普斯说：“你的女儿伊琴娜，是被众神之王宙斯带走的。他化为一只巨鹰，带着伊琴娜飞向天空。如果我没有看错，他应该是带着她去了俄诺涅岛。”

伊索普斯谢过西西弗斯，前往俄诺涅岛寻找自己的女儿去了。西西弗斯通过与伊索普斯的交换，为科林斯带来了一处极好的水源，可他同时也得罪了宙斯。

在宙斯看来，无论西西弗斯多么聪明，也不过是一个凡人而已。作为一个凡人，竟然敢泄露众神之王的秘密，这是宙斯不能容忍的。于是，宙斯派死神塔纳托斯前往科林斯，要把西西弗斯带去地狱。

塔纳托斯来到西西弗斯的住处，要用镣铐把西西弗斯锁住。西西弗斯一看到塔纳托斯，便猜到了他的来意。他故意用一种难以置信的语气对塔纳托斯说："你这副镣铐看上去怎么像一副玩具，你确定它能锁住人吗？"

"当然！"塔纳托斯没好气地说，"我用它锁了成千上万的人，你是第一个质疑它的。"

"我可不是普通人。"西西弗斯说，"要不然怎么会惊动众神之王宙斯让你来捉我呢？"

塔纳托斯一下子愣了，没想到西西弗斯居然看穿了他的来意。

西西弗斯狡黠地笑了一下，继续说道："我劝你还是先验证一下镣铐的神力，如果它连你都锁不住，就别来锁我了。"

"行，那我就让你见识一下我这副镣铐的神力！"塔纳托斯被西西弗斯激怒了，他把镣铐套到自己身上，然后用力尝试挣脱，结果根本挣不开，镣铐像是被施了咒语一般牢牢地套在他的身上。

“看到了吗？这副镣铐连我这样的天神都能锁住！”塔纳托斯一边说，一边准备打开镣铐。西西弗斯瞅准机会，一把抢走了塔纳托斯手中的钥匙，然后拖拽着他，把他关到了地牢里。塔纳托斯拼命挣扎，可正如他说的那样，他的那副镣铐连天神都能锁住，他当然无法挣脱。

这下麻烦大了。死神被西西弗斯绑架了，人间从此再也没有人死去，每一个人都可以像神仙一样长生不老。这件事惹恼了天上的众神，最生气的便是战神阿瑞斯。作为战神，阿瑞斯最热衷的自然是战争，可是自从死神被绑架，战场上再也不会出现新的死者。没有了死亡，战争还有什么意义呢？于是，阿瑞斯第一个跳出来，前去解救死神塔纳托斯。

阿瑞斯战斗力惊人，西西弗斯自然不是他的对手，死神塔纳托斯被他顺利地救了出来。同时，在阿瑞斯的帮助下，塔纳托斯终于给西西弗斯带上了镣铐，把他押往地狱。

西西弗斯早就料到了会有这么一天，在此之前便交代自己的妻子，如果有一天他被死神带走，不要埋葬他的尸体，也不要举行葬礼，更不要进行任何祭奠。西西弗斯到达地府之后，冥王和冥后没有收到任何祭献物。于是，西西弗斯假装很生气，向冥王和冥后请求道：“我这个妻子实在太不像话了，简直是藐视神灵！请允许我回阳间一趟吧，我要好好教训一下我

的妻子，安排她好好进行祭奠，只给我三天的时间就行！”

冥王和冥后没有意识到这是西西弗斯的诡计，便答应了他。结果，西西弗斯一回到阳间，就把自己对冥王和冥后的承诺抛到了九霄云外，再也不肯回地府了。他每天大摆宴席，狂吃豪饮，过着花天酒地的生活，尽情地挥霍人生。

然而好景不长，西西弗斯的行为彻底激怒了天上的众神，他们派出死神，又一次把西西弗斯带走了。而且，这一次众神专门为他设计了一种特殊的刑罚——需要把一块巨大的石头往山上推，当巨石即将到达山顶的时候，就会滚落下来，他不得不回到山脚，重新开始往山上推。就这样日复一日，永无止境。没有人知道西西弗斯需要重复这个动作多少次，也没人知道他什么时候才能得到解脱。

伊阿宋和金羊毛

（希腊神话）

一

伊阿宋是伊俄而科斯国王埃宋的儿子，原本应该在王宫里过着无忧无虑的生活，突然有一天，伊阿宋的叔叔——埃宋同父异母的兄弟帕利阿斯，篡夺了王位，并把埃宋一家人驱逐到一个偏远而荒凉的地方。不久之后，埃宋在悲愤中死去，临死之前，他把儿子伊阿宋送到帕利翁山，让伊阿宋跟一个叫喀戎的老师学习本领。

喀戎住在帕利翁山上的一个岩洞里，他才智过人，是一位非常英明的老师。在他的培育下，很多孩子都成了伟大的英雄。

伊阿宋在喀戎的教导下，一天天长大，逐渐长成一个英勇无畏、志向远大的英俊少年。

伊阿宋的叔叔帕利阿斯虽然夺取了王位，但他过得并不舒心。在夺取王位之后不久，就有一个奇怪的神谕一直让他惶恐不安。这个神谕警告他：要小心一个只穿一只鞋子的人，他会从高山上下来，夺去他的王位。那个人虽是陌生人，却也是本地人。

伊阿宋二十岁的时候，决定向他的叔叔讨回王位。他告别恩师喀戎，离开帕利翁山，向他的家乡伊俄而科斯走去。途中，他来到一条宽阔的河边，看到河边站着一位老婆婆。刚下过雨，河水涨得很高，老婆婆不敢过河，她问伊阿宋能不能帮助她。伊阿宋便背起她，蹚过了那条水流湍急的大河。不过走到河中央的时候，伊阿宋的一只鞋子被河水冲走了。

过河之后，老婆婆向伊阿宋表示感谢，并告诉他：“小伙子，你会为你的善良得到回报的。”说完便离开了。实际上，这个老婆婆不是普通人，而是天后赫拉的化身，她是来故意试探伊阿宋的。

伊阿宋并不知道这些，他光着一只脚，想找一户人家讨要一只鞋穿，可他走了很久也没有找到，索性就这样来到了伊俄而科斯。他的叔叔帕利阿斯此刻正在祭坛前向海神波塞冬献祭，周围站了很多人。

看到伊阿宋出现，帕利阿斯大吃一惊。他已经不认得自己的这个侄儿，可他一眼便看到，这个少年只穿了一只鞋——他一直担心的神谕应验了。

帕利阿斯强作镇定，问伊阿宋叫什么名字、从哪里来。伊阿宋高声说道："我叫伊阿宋，是埃宋国王的儿子，我今天回到伊俄而科斯，是来看看我父亲的王宫和王座。"

帕利阿斯听完伊阿宋的话，顿时脸色苍白。但伊俄而科斯的众多百姓都在周围看着他，他不敢有过激的举动。

伊阿宋缓和了一下语气，继续说道："叔叔，你也知道，我才是王位的合法继承者，你占有的一切都应该是我的。不过，如果你愿意把王位交还给我，我可以把你从我父亲那里抢走的财富留给你。"

帕利阿斯从最初的慌张中镇定了下来，他装出一副慈祥的样子，亲切地对伊阿宋说："亲爱的侄儿，我当然愿意把王位还给你。不过，在此之前，你需要先去做一件事情，来证明你是一个英雄。如果你做成了，我会毫不犹豫地把王位给你。"

"什么事情？"伊阿宋问。

"在黑海边的科尔喀斯王国，有一件稀世珍宝——金羊毛，人们都说，只有世界上最勇敢的英雄才能得到它。你如果能把金羊毛给我带回来，我就把王位让给你。"

伊阿宋没有多想，郑重其事地答应了。他根本不知道，帕利阿斯所说的是一项几乎不可能完成的任务。科尔喀斯的国王埃厄忒斯为了保护金羊毛，特意养了一条毒龙日夜看守，前去盗取金羊毛的人不计其数，但无一例外地都被毒龙咬死了。帕利阿斯让伊阿宋前去取金羊毛，实际上就是要他有去无回。

伊阿宋向全希腊的英雄发出召集令，希望大家一起去进行这次伟大的冒险。希腊最著名的工匠阿尔戈斯最先赶来，夜以继日地制造了一艘坚固的大船。随后，越来越多的英雄赶了过来，他们都愿意跟随伊阿宋一起去取金羊毛。伊阿宋带领着大家，在一片欢呼声中扬帆起航，向黑海前进。

二

这是一段漫长的航行，伊阿宋和英雄们历经千难万险，终于到达黑海，来到了科尔喀斯王国。

伊阿宋下令，让船只在一个海湾抛锚，然后带人前往王宫，去拜见埃厄忒斯国王。进入王宫之后，英俊的伊阿宋吸引了一个少女的注意，她是埃厄忒斯的小女儿美狄亚。就在美狄亚看着伊阿宋出神的时候，小爱神厄洛斯悄悄出现在空中，朝她的胸口射出一支金色的箭。美狄亚心中立刻燃起了爱情之火，她热烈地爱上了伊阿宋。

为什么小爱神厄洛斯会在这时出现呢？原来是天后赫拉在暗中相助。自从伊阿宋在大河边通过了赫拉的考验，赫拉便决定帮助这个善良的少年。于是，她安排小爱神厄洛斯前来，让美狄亚爱上伊阿宋。美狄亚不仅是埃厄忒斯国王的女儿，还是一名女巫师，有她的帮助，伊阿宋才有可能拿到金羊毛。

并不了解这一切的伊阿宋，经过美狄亚炙热的目光，来到王宫的正殿，向国王埃厄忒斯施礼道："我们冒昧前来，是想向您讨要传说中的金羊毛。只有拿到金羊毛，我才能从我叔叔那里要回王位。如果您能慷慨地把金羊毛给我，全希腊人民都会感激和赞扬您。而且今后我们还会成为您的盟友，愿意为您战斗。"

埃厄忒斯沉思了一会儿，对伊阿宋说："我很欢迎你们的到来，也愿意把金羊毛奉上。可是，金羊毛是科尔喀斯王国的传国之宝，只有世界上最勇敢的人才能拿走它，连我都没有权力随便把它给你，除非你能经受住考验。"

"我愿意接受考验。"伊阿宋说。

"那好，请听清楚你的考验吧。"埃厄忒斯说，"我有两头能够喷火的铜蹄神牛，明天你驾着它们去耕地，把毒龙的牙齿种到地里。这些牙齿种下去之后，会长出一批身穿铠甲、手持长矛的武士。你必须把这些武士全部杀死，这样才算完成考验。你只有一次机会，如果明天你失败了，就哪里来的回哪里去吧。”

伊阿宋听完之后，对埃厄忒斯说：“我已经立下誓言，一定要拿到金羊毛。明天就算是刀山火海，我都会去！”

辞别埃厄忒斯，伊阿宋回到船上，与大家商讨明天的挑战。所有人都认为，明天的挑战非常凶险，先不要说最后出现的那些武士，光是那两头能够喷火的神牛，一般人都难以驾驭。有不少人劝伊阿宋放弃，与其赔上性命，不如从长计议。伊阿宋坚决不同意，他一个人来到船舱外，天已经黑了，明天会发生什么他一点都不知道，但他知道自己绝不能退缩。

就在这个时候，有人告诉伊阿宋，船头来了一位少女，说要见他。伊阿宋来到船头，看到一位美丽的姑娘站在那里，正含情脉脉地望着他。

伊阿宋问：“请问你是谁？”

少女回答：“我是埃厄忒斯的女儿，我叫美狄亚。我知道明天你会很危险，我……我是来帮你的！”

伊阿宋眼睛一亮，抓住美狄亚的手，激动地问：“你真的能帮我？”

美狄亚害羞地低下头，从怀中取出一个瓶子，递给伊阿宋说：“这是一瓶魔药，把它涂到你的身上和武器上，你就可以获得无与伦比的力量，不过药效只能维持一天，所以最好明天出发之前再用。还有，毒龙的牙齿变出来的武士虽然战斗力很强，但都很傻，明天你只需要往他们中间扔一块石头，他们就会互相抢夺，你再趁机把他们杀死，这样就容易多了。”

伊阿宋听完美狄亚的话，顿时喜出望外，感激地问：“你帮了我这么大的忙，我该怎么感谢你呢？”

美狄亚说：“我不需要你感谢我，只要你别忘记美狄亚的名字就好。”说完，她便转身离开了。

伊阿宋望着美狄亚的背影出了神，他暗暗下定决心，如果自己能够成功地取到金羊毛，一定要带这位善良而美丽的姑娘一起回希腊，让她做自己的妻子。

三

第二天，伊阿宋早早地把魔药涂到身上，然后在他的矛、剑、盾上也全都涂了药，不一会儿，他感觉浑身上下充满了超凡的力量。他带着希腊的英雄们来到郊外的一处山坡，埃厄忒斯和围观的百姓已经聚集在那里。埃厄忒斯告诉他，他今天要在这片山坡上种下毒龙的牙齿。

随着一阵沉闷的嘶吼，两头神牛被放了出来，它们长着铜蹄，鼻孔里喷出一串串火苗，普通人根本无法近身。它们每走一步，地上就会冒出一股黑烟，周围的野草和树木全都被点燃了。看到这样的情景，所有人都为伊阿宋捏了一把汗。

伊阿宋大喝一声，站到神牛面前。神牛看到他之后，立刻发疯般地冲了过来。然而，无论神牛如何顶撞他，他都犹如岩石一般岿然不动。神牛怒吼着、咆哮着，喷出一股股烈焰，但都奈何不了伊阿宋，美狄亚的魔药给了他很好的保护。等到两头神牛都筋疲力尽的时候，伊阿宋大吼一声，抓住一头牛的牛角，硬生生地把它摔倒在地。紧接着，另外一头也被摔倒在地上。等这两头牛从地上重新站起来的时候，再看它们的眼睛，已经充满了对伊阿宋的恐惧。伊阿宋给它们套上犁具，拿着长矛举了举，它们便乖乖地拖着犁耕起地来。片刻之后，整个山坡都犁好了。

地犁好之后，伊阿宋把毒龙的牙齿种到地里。不一会儿，从地里果然冒出许多身穿铠甲、手持长矛的武士，他们一个个气势汹汹，刚钻出地面便朝伊阿宋冲杀过来。伊阿宋不慌不忙地举起一块巨石，扔到武士中间，那些武士便开始为争夺石头而自相残杀起来。等他们残杀得差不多的时候，伊阿宋拔出宝剑，把剩下的武士全都杀了。

所有围观的人都震惊了，连埃厄忒斯也目瞪口呆，他完全没有想到伊阿宋能够取得最后的胜利。现在伊阿宋已经通过考验，他只得兑现承诺，同意把金羊毛给他。不过，金羊毛并不在王宫，而是由一条可怕的毒龙看守，伊阿宋要想拿到金羊毛，必须想办法制服毒龙才行。

“我同意你去取金羊毛，但金羊毛由毒龙看守，如果它不同意，我也没办法。”埃厄忒斯狡猾地对伊阿宋说。

“没有什么能阻挡我。”伊阿宋说，“我一定会拿到金羊毛的。”

话虽这样说，可是究竟怎样才能制服毒龙呢？满船的希腊英雄又开始发起愁来。他们从白天商量到夜晚，还是想不出什么好办法。最后，在伊阿宋的号召下，大家一致决定，一起奔赴毒龙的巢穴，就算全部牺牲，也要拼死一搏。就在大家准备出发的时候，美狄亚又来了。

“你们这样等于去送死。”美狄亚说，“那条毒龙可以轻易地毁灭一座城池，杀死你们易如反掌。”

“那该怎么办呢？”伊阿宋急切地问，“难道我们就这样放弃吗？”

“我有办法。”美狄亚微微一笑，又从怀中取出一个瓶子，递给伊阿宋说，“这也是一瓶魔药，你把它滴到毒龙的眼睛里，它就会长睡不醒，你再去取金羊毛就简单多了。”

伊阿宋一听，兴奋地抱住美狄亚，向她表明自己的爱意，并请求她在取到金羊毛之后，跟他一起回希腊，然后嫁给他，做他的妻子。美狄亚没有说话，红着脸点了点头。

当天夜里，美狄亚带着伊阿宋和希腊的英雄们一起来到毒龙藏身的森林。毒龙听到他们的脚步声，发出可怕的嘶吼，随后扭动着庞大的身躯朝他们袭来。美狄亚勇敢地冲上前去，用她那甜美的歌声唱着一首催眠曲。毒龙听到这奇异的歌声之后，庞大的身躯居然慢慢瘫软下来。美狄亚向伊阿宋示意，伊阿宋赶紧冲上前去，把魔药滴入毒龙的眼睛。很快，毒龙便闭上了血盆大口，躺在森林里昏睡过去。

毒龙睡过去了，金羊毛在哪里呢？正在大家寻找的时候，美狄亚指了指一棵巨大的橡树，只见上面闪烁着一道道金光。

“金羊毛一定在上面！”伊阿宋兴奋地喊了一声，立刻顺着树干爬了上去。不一会儿，他从树上爬了下来，手里一片金光。大家围过去一看，果然是金羊毛，像闪电一样金光灿烂，照亮了每个人的眼睛。

英雄们欢呼起来，他们历尽千辛万苦，终于拿到了这件稀世珍宝。

伊阿宋藏好金羊毛，带着美狄亚，和英雄们一起回到船上。随后，他们扬帆起航，离开了科尔喀斯王国，向着自己的家乡希腊驶去。

罗马城的诞生

（罗马神话）

罗马是意大利的首都，也是意大利最大的城市。罗马城有两千五百多年的历史，是古罗马帝国的发祥地，也是举世闻名的历史文化名城。关于罗马城的诞生，有一个充满神话色彩的传说，直到现在还在罗马人之间口口相传。

说起这个传说，要把时间推回到遥远的古代，回到那场著名的特洛伊战争。希腊联军设下木马计，攻陷了特洛伊城，在城内烧杀抢掠，将这座城市变成了一片废墟。

在特洛伊城覆灭的时候，有一些特洛伊人避开希腊军队的刀剑，从城内成功逃了出来，这其中就包括埃涅阿斯一家人。

埃涅阿斯是特洛伊城的英雄之一，当他看到特洛伊城内火光冲天，希腊军队潮水般地冲入城内时，知道大势已去，便扛着自己的父亲，带着年幼的儿子，从城里跑了出来。

埃涅阿斯带着父亲和儿子来到海边，找到一艘小船，悄悄撑船逃离。他们回头望去，特洛伊城已经被大火笼罩，到处都是喊杀声和惨叫声，犹如人间炼狱。他们祖孙三人能够顺利从这场浩劫中逃出来，并不仅仅是因为幸运，还因为有神灵在暗中保护。

与埃涅阿斯一起逃出来的还有其他一些特洛伊人，他们慢慢聚集到一起，共同推举埃涅阿斯为领袖，让他带领大家共渡难关。埃涅阿斯临危受命，带着大家一起逃亡。他们东躲西藏，四处漂泊，过了整整七年的艰难岁月，才在亚平宁半岛的西岸找到一个安身之处，并在那里安顿下来。埃涅阿斯带领大家从零开始，一起建设家园，不断发展生产，生活慢慢好转，最后建成了一个安定、富足的国家。

这样过去几代人之后，这个国家的王位传给了新国王——努米托雷。努米托雷是一个英明的国王，非常能干，深受百姓的拥戴。但是，他的弟弟狡诈而阴险。努米托雷的弟弟叫阿姆利奥，他是一个很有野心的人，一直觊觎哥哥的王位，总是在寻找机会试图取而代之。

终于有一天，阿姆利奥的阴谋得逞了，他篡夺了哥哥的王

位，坐上了国王的宝座。努米托雷有一男一女两个孩子，阿姆利奥为了以绝后患，残忍地杀死了自己的侄儿，并逼迫侄女西尔维娅做了灶神威斯塔的祭司。为什么阿姆利奥要让自己的侄女给灶神做祭司呢？因为一旦这样，西尔维娅就不能再嫁人和生育后代了。阿姆利奥这样做，同样是为了以绝后患。

然而，让阿姆利奥意想不到的是，西尔维娅很快便偷偷与别人相爱了，那个人还是战神玛尔斯。不久之后，西尔维娅生下了一对孪生兄弟，并给他们取了名字，哥哥叫罗慕洛，弟弟叫雷莫。

这对孪生兄弟的降生，很快传到了阿姆利奥的耳朵里。阿姆利奥以违背祭司禁令为借口，下令处死了西尔维娅。至于她的两个孩子，阿姆利奥则下令将他们放到一只篮子里，丢进台伯河，让他们顺水漂走。名义上说是把他们交给命运来裁决，实际上阿姆利奥很清楚，这只篮子很快就会沉入水中，两个孩子必然会命丧河底，而这正是他想要的结果。

结果，阿姆利奥失算了。装着孪生兄弟的篮子并没有沉入河底，而是漂到了岸边。由于好几天都没吃东西了，两个孩子饿得不停地啼哭。哭声惊动了正在附近觅食的一只母狼，它顺着声音来到河边，发现了篮子中的两个孩子。母狼并没有伤害他们，而是用嘴把篮子从水里衔上来，用舌头把孩子身上的水舔干，然后把他们拖进自己藏身的山洞。

实际上，这只母狼是战神玛尔斯派来的。他已经知道阿姆利奥杀死了自己心爱的西尔维娅，现在又想置自己的两个孩子于死地，便派来这只母狼喂养两个孩子。就这样，两个孩子在母狼的照料下，一天天地长大了。

这一天，一位善良的牧羊人从山洞附近经过，听到有孩子嬉闹的声音，觉得很奇怪，便顺着声音寻找，结果发现了正在打闹的两个孩子。牧羊人觉得两个孩子很可怜，便把他们带回家中悉心照料，教给他们本领和做人的道理。

兄弟俩成长得很快，不光身体健壮结实，在打猎方面也很有天赋，成了远近闻名的勇士。他们心地善良，又很有侠义心肠，逐渐得到越来越多的人的拥护。

兄弟俩长大成人之后，得知了自己的身世，决定率领众人揭竿而起，推翻阿姆利奥的统治，为自己的母亲报仇。

被母狼喂养过的两个兄弟，在战场上犹如猛兽，无人能敌。再加上还有战神玛尔斯的暗中帮助，阿姆利奥根本不是他们的对手。最后，两个兄弟率领着自己的军队，摧枯拉朽一般粉碎了阿姆利奥的势力，推翻了他的统治。

战争结束后，兄弟俩来到台伯河畔，决定在当初被母狼搭救的地方建一座新城，以纪念当初拯救自己的母狼。这座新城依山傍水，地理位置非常优越，非常便于人们出海航行。越来越多的人选择来这座新城居住，新城很快便发展壮大起来。

遗憾的是，兄弟俩在战场上齐心协力，取得胜利之后却逐渐出现了分歧。比如，这座新城建立之后，两个人在新城的命名上就出现了激烈的争执。哥哥罗慕洛认为自己是兄长，应该以自己的名字命名，弟弟莫雷则丝毫不让，认为自己一点也不比哥哥差，应该以自己的名字命名才对。兄弟二人为此僵持了很久，谁也说服不了谁。后来，在一次激烈的争执中，哥哥一怒之下杀死了弟弟，兄弟二人自此阴阳两隔。

弟弟被杀后，新城最终以哥哥的名字命名，叫罗慕洛城，后来逐渐被人叫罗马城。罗慕洛也成为罗马王国的奠基人和第一代国王。两千多年来，罗马城一直是罗马人的骄傲，被称为“永恒之城”。

那只救了两兄弟的母狼，也一直被罗马人铭记着。早在公元前 6 世纪，就有人为母狼创作了一座青铜雕像，伫立在著名的罗马广场。在这座母狼雕像的腹部，有两个光着身子的小男孩，正在吸吮着乳汁。直到现在，我们还能在意大利的博物馆里看到这座雕像。

罗慕洛宣布以自己的名字命名罗马城是在公元前 753 年 4 月 21 日，这一天便是罗马城的建城日。而母狼哺育婴儿的形象，也成为罗马城的徽章，代表着诞生的那一段传奇故事。

奥丁和智慧之泉

（北欧神话）

一

在北欧神话中，奥丁是最高的天神，被称为“众神之王”和“天神之父”。他是智慧和胜利之神，是宇宙的统治者。奥丁所在的神界叫阿斯加尔德，那里的天神都听从他的调遣。

奥丁是什么样子的呢？据说，他是一位威严的老者，看上去五十来岁。他身材高大，黑色的头发，灰色的胡须，经常戴着一顶灰色的阔边帽，穿着一件青灰色的长袍。每当奥丁在人间出现的时候，他那顶阔边帽的帽檐就会压得很低，遮住了上半边脸，这样人们便永远看不到他的眼睛。为什么奥丁要这样做呢？因为他只有一只眼睛，所以不想让人们看到。那么，奥丁的另外一只眼睛呢？这还要从他创造人类开始讲起。

在创世之初，世界上并没有人类，天上的众神觉得这个世界并不完整，决定仿造自己的样子创造一种最高级的动物——人类。可是人类应该用什么创造呢？奥丁和他身边的天神一直在思索，但一直没有找到理想的材料。

这一天，奥丁和众神走出自己的宫殿，来到一片海滩，突然发现海面上漂浮着两根又黑又长的东西。这两根东西周身散发着强烈的灵气，一看就非同寻常。奥丁觉得很奇怪，便把它们打捞了上来。仔细一看，原来是两根木头，一根是梣树，一根是榆树。

“原本应该很普通的两棵树，为什么会有这么大的灵性呢？”奥丁一边自言自语，一边仔细端详这两棵树。

其他天神也觉得很奇怪，大家纷纷议论，认为这两棵树可能来自上古，吸收了天地灵气。

听到大家的议论，奥丁突然眼睛一亮，对众神说：“我们不是一直在寻找创造人类的材料吗？现在终于找到了！以这两棵树的灵性，我认为完全足够！”

众神一听，都表示赞同。于是，在奥丁的带领下，大家开始了创造人类的工作。他们参照自己的样子，先把两棵树削成人形，然后赐给它们生命所必需的血肉和感知能力，最后，奥丁赐给它们人类所特有的、最有灵性的东西——灵魂。他们把梣树做成了男人，榆树做成了女人。从此以后，世界上便有了人类，他们拥有与天神相似的模样，有着很高的灵性和智慧，会说话，会制造和使用工具。天神还让男人和女人结为夫妻，从此人类便开始在大地上繁衍生息。

为了让宇宙和世界上的一切都更有秩序，奥丁创造了一棵巨大的梣树，横亘在宇宙之间。这棵树包含了宇宙万物的秘密，包括宇宙所有的精华，也包括时间和生命。这棵树被称为伊格德拉西尔，也就是世界之树。世界之树庇护着世间万物，是新的生命之源。

整个世界在奥丁的治理之下，生机盎然，欣欣向荣。人类和众多生灵在广阔的大地上共存，彼此和谐相处，生活得都很幸福。奥丁看到人类安居乐业的景象，也感到非常欣慰。

这样的岁月不知道过了多久，突然有一天，人间和谐的生活出现了异象。

最先发现这一征兆的不是奥丁，而是他的两只乌鸦。这两只乌鸦名叫尤金和莫宁，它们每天在宇宙之间穿行，然后回到神界阿斯加尔德，落到奥丁的肩头，告诉他在宇宙各界的见闻。尤金和莫宁每天一早出发，傍晚时分归来。然而有一次，整整一天过去了，它们还是没有回来。奥丁不安起来，来到神殿的瞭望塔上张望，希望能看到它们的身影。

又过去了一天，尤金和莫宁终于回来了。它们落到奥丁的肩头，对奥丁说：“我们看到了人间不祥的征兆，人类将要遭遇巨大的灾祸。但灾祸到底是什么，我们也不得而知。”

奥丁没有把这一消息告诉任何人，但他凝重的表情引起了妻子弗丽嘉的注意。弗丽嘉从丈夫不安的神色中猜出，一定有不祥的事情即将发生。在妻子的再三询问下，奥丁把尤金和莫宁的发现告诉了她。弗丽嘉听完之后，劝慰奥丁道：“不要太过担心，一定有解决的办法。你去找伊格德拉西尔大树下的三位命运女神吧，我相信她们能够帮助到你。”

于是，奥丁离开阿斯加尔德，前往世界之树伊格德拉西尔。在这棵大树的下方，有一处泉水，名叫乌尔德泉，三位命运女神就坐在泉水岸边，她们身边还有两只美丽的天鹅。

在阿斯加尔德和伊格德拉西尔之间，有一座彩虹桥，是连接两地的通道。奥丁穿过这座彩虹桥，来到乌尔德泉岸边，三位命运女神出现在他面前。她们端坐在清澈的泉水边，泉水不停地流淌，像是不断流逝的时间。三位女神知道关于过去、现在和未来的一切。奥丁静静地端详着三位女神，很久都没有说话，周围只有两只天鹅的呢喃，以及伊格德拉西尔的树叶飘落在泉水里的声音。

虽然一切都是静默的，但从三位女神的眼睛里，奥丁已经得到了他想要的答案。他静静地向三位女神告别，然后回到妻子弗丽嘉身边，对她说：“我要离开阿斯加尔德一段时间，前往人间。”

“去吧。”弗丽嘉说，“你已经知道该怎么做了，是吗？”

“我要把我拥有的知识都转化成智慧，去帮助人类。”奥丁说，“那样的话，那些原本要发生的坏事，就能最大限度地朝好的方向发展。”

“那你应该去智慧之泉一趟。”弗丽嘉说，“它会给你你想要的智慧。”

奥丁说：“我正是要去那里。”

“智慧之泉由弥米尔看守，他不会让你轻易获得的，你一定要小心为上。”

奥丁冲弗丽嘉点点头，与妻子郑重地告别，然后离开阿斯加尔德，前往了人间。

二

奥丁来到人间之后，化身成一个名叫威格坦姆的流浪汉，身上披着深蓝色的斗篷，手中拄着旅行者常用的拐杖。他不停地赶路，朝着智慧之泉的方向走去。在前往智慧之泉的途中，他要路过一个叫尤腾海姆的地方，那里是巨人的国度。

刚进入尤腾海姆不久，奥丁便遇到了一个骑着雄鹿的巨人。奥丁也变化成巨人的样子，大步来到那个人身边，一边跟他并肩往前走，一边问道："嘿，兄弟，你是谁？"

骑着雄鹿的巨人回答道："我是瓦弗鲁尼尔，你又是谁？"

奥丁知道这个人，这位瓦弗鲁尼尔是巨人之中最有智慧的人，很多人都想尽办法向他讨教，希望能从他那里得到智慧。不过，凡是向瓦弗鲁尼尔求教的人，都必须回答上他提出的问题，如果答不上来，就会被他杀死。

"我是流浪汉威格坦姆。"奥丁说，"瓦弗鲁尼尔，我能请教你一个问题吗？"

瓦弗鲁尼尔哈哈大笑道："当然可以，但我有一个规矩，在你请教我之前，我们先打一个赌怎么样？"

"打什么赌呢？"奥丁问。

"我先问你一个问题，如果你答不上来，就把你的脑袋给我。然后你再问我一个问题，如果我答不上来，我的脑袋也可以给你。"

"好，我接受这个赌约。"奥丁微笑着说。

"那么我就先提问了。"瓦弗鲁尼尔说，"请你告诉我，把阿斯加尔德和尤腾海姆分隔开的那条河，叫什么名字？"

"那条河名叫伊芬。"奥丁回答道，"而且我还可以告诉你，伊芬河的水冷得要命，但它从来不结冰。"

瓦弗鲁尼尔惊讶地看了奥丁一眼，连忙说：“这个问题太简单了，不算，你敢再回答我一个问题吗？”

奥丁继续微笑着说：“请问吧。”

瓦弗鲁尼尔想了想，问道：“主宰白昼和夜晚的两位神明，每天都会驾着马穿越天际，请告诉我，他们的马分别叫什么名字？”

“如果我没有记错，应该叫斯京法克斯和赫利姆法克斯。”奥丁平静地回答。

瓦弗鲁尼尔大吃一惊，有些难以置信地看着奥丁，但他仍然不愿意放弃，又对奥丁说：“这个问题还是太简单了，你敢再回答一个吗？”

奥丁默不作声地点点头，于是瓦弗鲁尼尔紧接着抛出了第三个问题：“请告诉我，将来世间的最后一战，会在哪里打响？”

“维格里德平原。”奥丁没有丝毫犹豫地回答道，“它有一百里长，一百里宽。”

瓦弗鲁尼尔彻底惊呆了，他不敢相信奥丁连这个问题也能回答上来。

“现在该我提问了吧？”奥丁说，“请告诉我，奥丁在他的爱子巴德尔耳边说的最后一句悄悄话是什么？”

瓦弗鲁尼尔听到这个问题，直接从鹿背上跳了下来，用他那锐利的目光上下打量着奥丁，说：“只有奥丁才知道他最后跟巴德尔说了什么，也只有奥丁会提出这样的问题。流浪汉，我看你就是奥丁吧？你这个问题我回答不了。”

“既然你回答不了，那我们的赌约怎么办呢？”

“愿赌服输，你愿意要我的脑袋，那就请拿去吧！”

“我不想要你的脑袋，”奥丁微笑着说，“我只想要你回答我一个问题。”

“好，我愿意回答你的问题。”瓦弗鲁尼尔说。

“如果要向智慧之泉的看守者弥米尔讨一口泉水喝，他会提出什么样的条件？”奥丁问。

“他会让你献出你的右眼。”瓦弗鲁尼尔说，“而且他从来不接受讨价还价。”

回答完奥丁的问题，瓦弗鲁尼尔连忙骑上他那头雄鹿，头也不回地离开了。

三

得知获取智慧泉水所要付出的代价之后，奥丁犹豫了。要知道，他要牺牲的是自己的右眼，一想到从此以后自己的右眼都将漆黑一片，他就觉得无法接受。在对失去眼睛的恐惧下，奥丁停下了向前的脚步，既没有向智慧之泉的方向继续前进，也没有折返回阿斯加尔德，而是开始漫无目的地游走。

他先是朝南方走去。那里是真火之国穆斯帕尔海姆，奥丁看到苏尔特正手持火焰之剑站在那里。苏尔特是一个可怕的人物，一直与诸神对抗，对人类虎视眈眈。奥丁转身向北方走去。北方有不竭之泉赫瓦格密尔，它正咆哮着从尼弗尔海姆奔腾而出，像是狂暴的巨兽。尼弗尔海姆是可怖的迷雾之国，同样对诸神和人类充满敌意。

奥丁心中非常明白，不能让世界落入苏尔特之手，也不能让世界坠入尼弗尔海姆的国度。前者会用烈焰将世界摧毁，后者则会让世界坠入黑暗和虚无。作为诸神的领袖、人类的主宰，他必须挺身而出，去拯救世界。

既然做出了决定，智慧之泉就必须要去，那么他也就必须承受失去右眼的代价。奥丁神色凝重，表情决绝，他不再犹豫，转身朝着智慧之泉的方向走去。

智慧之泉的源头，同样位于世界之树伊格德拉西尔的树根下方。智慧之泉的看守者弥米尔日夜在泉边守护，用他那深邃的目光凝视着同样深邃的泉水。弥米尔每天饮取智慧之泉的泉水，因此，当奥丁出现在他面前时，他一眼便认出了对方。

“你好啊，奥丁，众神的领袖。”弥米尔开口道。

奥丁向弥米尔表达了自己的敬意，然后说：“弥米尔，我想喝一口智慧之泉的泉水。”

“要喝水就要付出代价。”弥米尔说，“已经有不计其数的求水者在代价面前退缩了，众神的领袖——奥丁，你敢付出相应的代价吗？”

“弥米尔，在注定要付出的代价面前，我是不会退缩的。”奥丁回答。

“很好，那就请吧。”说着，弥米尔拿出一只巨大的牛角杯，舀起满满一杯泉水，递到奥丁面前。

奥丁伸出双手，接过杯子，大口大口地喝了起来。随着清凉的泉水流入体内，未来的事情在他的脑海逐渐由模糊变得清晰。他看到了最终会降临到人类和诸神身上的灾难和不幸，明白了这些灾难降临的原因。

同时，他也知道了人类和诸神应该如何面对这些磨难和痛苦，如何消解苦难的岁月，进而在世间留下一股非凡的力量。这种力量将最终摧毁带给世界恐惧和绝望的邪恶势力，让世界重获光明和希望。

喝光牛角杯中的智慧泉水，奥丁将手伸到脸上，挖出了自己的右眼。尽管内心深处仍有不舍，但作为众神之王、人类的主宰，他没有犹豫，也没有发出一声呻吟和抱怨。他最后做的，只是缓缓地低下头，用斗篷遮住半边脸，遮住那只残缺的眼睛。

弥米尔接过奥丁的右眼，将它沉入智慧之泉的泉底。从此以后，奥丁的右眼就永远地留在了这里，透过清澈的泉水发出灿烂的光芒，像是一轮明月，照亮了幽暗的水底。每一个看到的人，都知道那是众神之王奥丁的右眼，是他为了获取智慧而付出的代价。

火神洛基与巨人斯科姆

（北欧神话）

在北欧神话中，洛基是火神，也是恶作剧和谎言之神。他英俊潇洒、风度翩翩，看上去很招人喜欢，可实际上，他的内心深处隐藏着深不可测的黑暗，使得他诡计多端、狡猾善变。就像他掌管的火一样，有光明温暖的一面，也有炽烈无情的一面。

洛基喜欢搞恶作剧，经常戏弄众神。刚开始的时候，他都是一时兴起，搞一些损人不利己的闹剧，众神也知道他是无心所为，所以也都一笑了之，没放在心上。但到了后来，洛基的玩笑开得越来越过分，动机也越来越不纯，甚至纯粹是出于罪恶的目的。众神发现，他的心灵已经被魔性侵蚀，彻底沦为一个恶神了。在这个过程中，众神与他越来越疏远，这其中包括奥丁——他的结拜兄弟。

尽管后期的洛基走上了一条不归路，但前期的他还是有很多闪光点的。虽然他喜欢搞一些恶作剧，但大都是一些无伤大雅的玩笑，给众神的生活带来了不少乐趣。当他不小心闯下祸端时，往往能够运用自己的聪明和狡猾躲过责罚、化解问题。众神知道洛基聪明，遇到麻烦想不出好办法的时候，都喜欢找洛基。洛基的鬼点子多，众神苦思冥想解决不了的难题，往往到洛基那里却能迎刃而解。

一天，一个叫斯科姆的巨人跟一个农夫下棋，结果农夫输了，依照他们之前的约定，巨人斯科姆要带走农夫的儿子。不过他们还有一个约定，那便是在巨人带走农夫的儿子之前，会给农夫留出一天的时间把孩子藏起来，如果巨人在一天之内找不到孩子，那么他就只能空着手离开，再也不来打扰农夫一家。

巨人一族是与奥丁一方的神族相对立的邪恶势力，农夫知道奥丁一直很痛恨他们，便来到奥丁的神像前，向他祈求帮助。奥丁听到了农夫的祈求，得知邪恶的巨人又来骚扰他创造的人类了，便决定去帮助农夫。

听农夫讲完事情的原委，奥丁微微一笑，对农夫说：“不用担心，我会把你的儿子藏在一个谁也找不到的地方，保证让巨人斯科姆空手而归。”

农夫一听，高兴极了，对奥丁千恩万谢。奥丁转过身，对着农夫的儿子施展神力，把他变成了一粒麦子，藏在麦田里的一根麦穗上。微风吹来，成千上万的麦穗像波浪一样翻滚，农夫高兴地想，这下肯定谁也看不出来藏着儿子的麦穗是哪一枝了。

第二天，巨人斯科姆来了。他先是到农夫的家里，在每个房间翻箱倒柜地寻找，结果没有找到。农夫看着巨人忙乱的样子，得意地笑了，眼神不经意间看向门前的麦田。斯科姆一下子想到了什么，他来到门外，驻足凝神片刻之后，拿起一把大剪刀来到麦田里，用手一点点拨开麦穗，开始仔细寻找起来。

此刻，奥丁正在天上全程关注着斯科姆的一举一动，当他看到斯科姆来到麦田里时，不禁紧张起来。只见斯科姆不停地在麦田里移动，仔细搜索每一片区域。最后，斯科姆在一根麦穗跟前停下来，得意地欢呼了一声。天上的奥丁一看，顿时大吃一惊，因为那枝正是藏着农夫儿子的麦穗。

斯科姆没有犹豫，拿起剪刀把那根麦穗剪了下来。奥丁看到自己的障眼法已经被斯科姆识破，连忙抢先夺走了农夫的儿子，把他交还给农夫说：“我已经无能为力了，你的儿子我还给你，你自己再想办法吧！”说完，便扭头消失了。

农夫一下子傻在那里，连天上的大神奥丁都帮不了他，这下该怎么办呢?

巨人斯科姆此刻也来到农夫面前，想起刚刚奥丁窘迫的样子，不禁哈哈大笑起来，他对农夫说:“你看，天神奥丁也不过如此嘛！这样吧，我再给你一天时间，你还把你的儿子藏起来让我找。你可以再去求一求那些天神，我想再见识见识他们的本事，哈哈哈！”

农夫无奈，只得继续向众神祈求，希望天神们能救一救自己的儿子。不一会儿，天上的农垦之神弗雷尔下来了，他看不惯巨人斯科姆的嚣张，决定帮助农夫。他对农夫说:“上次是奥丁大意了，这次我一定会把你的儿子藏好，保证斯科姆找不到！”

说完，弗雷尔对着农夫的儿子施展神力，把他变成了一根细细的绒毛，绒毛长在一只鹅的胸前，这只鹅跟着一大群鹅在池塘里游来游去。农夫看着鹅群游来游去，很快便眼花缭乱，根本不知道哪只藏着自己的儿子。

第二天，巨人斯科姆又来了。在寻找的过程中，他看到农夫总是不经意地看向池塘里的鹅群，便顿时明白了。斯科姆来到池塘边，一只一只地去辨别那些鹅，很快便找到了藏着农夫儿子的那只，伸手抓了起来。

此时，弗雷尔也在天上关注着斯科姆的一举一动。当他看到斯科姆找到那只鹅之后，也像奥丁一样，抢先夺去了农夫的儿子，把他交还给农夫说："我也无能为力了，看来这个斯科姆真不简单。我建议你去找火神洛基，他鬼点子最多，一定能帮到你。"

弗雷尔离开之后，巨人斯科姆来到农夫面前，这一次他更加得意了，带着嘲笑的口吻对农夫说："看来你请的这些天神都不怎么样呀！这样吧，我再给你一次机会，你再去找一位厉害点的来帮你吧！不过，事不过三，这可是最后一次机会了，如果再被我找到，你就再也见不到你的儿子了！"

农夫望着巨人斯科姆离去的背影，又一次陷入恐慌和绝望之中。他想起弗雷尔临走时跟他说的话，让他去找火神洛基帮忙，可他也早就听人说过，这个火神洛基虽然非常有头脑，但时好时坏，让人捉摸不透。他平时又没有向火神洛基献祭过，现在贸然求救，不知道洛基会不会帮忙。不过，他现在已经走投无路了，除了洛基，他想不出有谁还能救自己的孩子。于是，农夫跪倒在地，战战兢兢地向洛基祈祷，希望能够得到他的帮助。

洛基已经听说了奥丁和弗雷尔都败给巨人斯科姆的事情，争强好胜的他原本就想挑战一下斯科姆，以证明自己比奥丁和弗雷尔厉害。现在刚好看到农夫正在请求自己的帮助，便来到农夫面前，决定向他施以援手。

洛基知道斯科姆不可小觑，也知道有农夫在，斯科姆便能从农夫的表情里发现破绽。于是，洛基把农夫的儿子带到了遥远的海边，把他变成一粒鱼卵，隐藏到大海中一条鱼的鱼腹里。安排好这一切之后，洛基在大海边躲了起来，暗中观察周围的风吹草动。

时间一分一秒地过去了，大海边一片安静，什么都没有发生。只要今天过去，斯科姆找不到农夫的儿子，他就要认输，同时也证明了洛基比奥丁和弗雷尔厉害。就在洛基越来越得意的时候，一个高大的身影突然出现在海边。

来者不是别人，正是巨人斯科姆，而且他手中还拿着一根长长的钓鱼竿。洛基一看，顿时知道大事不妙，斯科姆肯定已经看穿了自己的障眼法。洛基施展隐身术，悄悄跟在斯科姆身后，看着他往大海里抛下鱼钩，耐心地垂钓。不一会儿，有鱼上钩，斯科姆向上抬起钓竿，钓上来的正是藏有农夫儿子的那条鱼！

斯科姆抛开鱼腹仔细寻找，很快找到了那粒由农夫儿子变成的鱼卵。斯科姆又一次成功了，他得意地哈哈大笑起来。

洛基看到这里，也顾不上那么多了，直接冲上去抢过那粒鱼卵，把它变回农夫儿子的样子，然后对他大声说："快跑！跑到那个船坞里去，快！"

孩子听到洛基的话，立即撒腿狂奔起来。斯科姆愣了一下，随即拔腿在后面紧追。尽管孩子跑得很快，可是斯科姆迈

开他的两条巨腿，三两步便赶了过来。好在船坞离得不远，就在斯科姆快要追上的时候，孩子冲进了船坞。斯科姆也紧跟着想往里冲，可他忘了船坞的高度——他巨大的身躯根本钻不进去，一头撞到船坞的屋顶上。

这一撞可撞得不轻，斯科姆直接栽倒在地，满眼金星。趁着斯科姆还倒在地上头昏脑涨的时候，洛基冲了过来，手起刀落，剁下了斯科姆的头颅。

然而，斯科姆的身体居然有自动生长的功能，头颅被砍下来之后，很快又和身体长到了一起。但这吓不到洛基，他本来就是个诡计多端的神，加上他也有巨人的血统，知道如何破解巨人身上的魔法。看到斯科姆的头颅和身体又连到一起，洛基又砍了一刀，再一次把斯科姆的头砍了下来。随后，他在斯科姆的头颅和身体之间投掷了许多铁片和燧石，这样就破解了巨人身上的魔法，斯科姆的头颅和身体再也无法连到一起了。

巨人斯科姆身首异处，农夫的儿子平安地回到了家里。这算是火神洛基做的为数不多的好事之一。

雷神托尔在巨人城

（北欧神话）

一

托尔是奥丁的儿子，在北欧神话中是雷霆与力量之神。托尔高大威猛，战斗力惊人，长着红色的头发和胡子。虽然是奥丁的儿子，但托尔并不像他的父亲那样有城府，而是性格耿直，心地善良，疾恶如仇。他经常帮助人间的百姓，深受爱戴。

托尔不仅法力高强，还有三样厉害的宝物。第一件宝物就是他的雷神之锤，有着震天撼地的神力，无论多么厉害的敌人，只要托尔抛出自己的神锤，对方都会被打得粉身碎骨。在击中目标之后，神锤还会自动回到托尔手中。第二件宝物是一条神奇的腰带，当托尔戴上它的时候，力量就会增加一倍。第三件宝物是一副手套，托尔戴上它之后，可以进一步增加雷神之锤的杀伤力。原本就无比神勇的托尔，有了这三样宝物之后，更加无人能敌，无论天上的神仙还是妖魔鬼怪，无不对他退避三舍。

虽然雷神托尔每一次出行都会带来电闪雷鸣、狂风暴雨，但是百姓们并不把他当作破坏之神，因为他的到来可以赶走冷酷的霜巨人，进而让大地恢复勃勃生机。不过，尽管有雷神托尔和其他众神在，霜巨人还是会时常造访人类居住的世界，让人防不胜防。霜巨人每一次到来，都会带来刺骨的寒流，让家畜冻毙，让五谷绝收。

托尔觉得霜巨人有点欺人太甚，决定前往他们居住的地方，跟他们好好较量一番。出发的时候，火神洛基跟了过来，要跟他同去。托尔心想，洛基平时就诡计多端，正好可以用来对付霜巨人，于是便同意了。

托尔出行是不骑马的，他有一辆由两只神羊拉动的双轮铜战车，可以日行千里。即便这样，要前往霜巨人所在的极北之地还是需要花费一些时日。他和洛基乘着战车，从早晨走到傍晚，天色渐暗，他们决定找个地方落脚。

越往北走，人烟越稀少，他们找了半天才找到一户人家投宿。户主是一位贫苦的农夫，和他一起生活的还有他的妻子和儿子。农夫告诉托尔和洛基，他们可以在此处歇脚，但无法给他们提供食物，因为他的家中一贫如洗，连一点吃的东西都没了。农夫还说，他明天早上会去下河，运气好的话，可以给他们捉一些鱼来吃。

“我们已经饿坏了，等不到明天了。”托尔说，“我有办法给大家准备一顿丰盛的晚餐，你们等着吧。”

托尔来到自己的双轮战车跟前，举起锤子将拉车的两只羊打死，然后剥下羊皮，剔出羊骨，将羊骨用羊皮包好，把羊肉拿给农夫说：“快把它们拿去烧熟吃了吧。”农夫一家人顿时喜出望外，连忙接过了羊肉。

托尔怀里紧紧抱着那两包用羊皮包着的羊骨，在农夫家里张望了一圈，伸手把它们放到了壁炉上方的墙洞里，然后叮嘱所有人道：“任何人都不准碰这两包羊皮和里面的骨头。”

很快，热气腾腾的羊肉煮好了，托尔、洛基和农夫一家人围坐在一起，准备饱餐一顿。农夫的儿子叫提亚尔菲，他正在长身体的时候，胃口很大，平时就经常吃不饱，今天看到这么美味的羊肉，早就馋得直咽口水。可是，肉端到桌子上之后，父母一直让他端茶倒水，一会儿让他往壁炉里加柴，一会儿又让他点燃火把使屋子里亮堂一些。等到提亚尔菲终于可以坐下吃饭的时候，桌子上的肉已经所剩无几了。要知道托尔和洛基的胃口也非常大，而提亚尔菲的父母也吃了不少肉。最后，提亚尔菲只吃了一点残羹冷炙，压根儿没有吃饱。

晚餐过后，其他人都睡着了，只有提亚尔菲还躺在床上辗转反侧，想着那一桌错过的羊肉。忽然，他想到了那两包用羊皮包着的羊骨，如果把骨头敲断，吸食里面的骨髓，应该也很美味。

于是，提亚尔菲在黑暗中悄悄起身，伸手取下壁炉上方的羊皮包，偷偷取出一根骨头敲断，吸吮里面的骨髓。这时，洛基醒了过来，他看到了眼前的一切，但爱看热闹的他什么都没有说，选择了袖手旁观。

第二天早上，托尔醒来做的第一件事就是取出壁炉上方的羊皮包，放到地上，然后用锤子逐一敲打，不一会儿，两只神羊又活了过来。然而，当托尔赶着它们往前走的时候，他发现其中一只羊不对劲，后腿一瘸一拐的。托尔伸手一摸，发现那只羊的后腿骨已经断了。托尔知道，一定是有人在夜里破坏了羊骨，顿时气得火冒三丈，红胡子翘着，把他的神锤都举了起来。

农夫一家人哪见过雷神之怒，一个个都被吓得瑟瑟发抖。提亚尔菲颤抖着跪倒在地，哭着向托尔求饶道："是我把羊骨弄断的，我也没想到会犯下这么大的错，如果要责罚，就请责罚我吧！"

托尔看了看这个哭泣的男孩，看得出他已经诚心悔过，便对他说："这样吧，你弄瘸了我的羊，以后就为我效劳，跟我走吧。"

从此，提亚尔菲便跟随在托尔身边，背着托尔和洛基的行囊。由于他吸食了神羊的骨髓，获得了非凡的神力，一路上健步如飞地跟在托尔和洛基后面，向着极北之地——霜巨人的国度前进。

二

这一天，他们三人来到一片黑暗森林，一直走到天色全黑，还没有找到一个落脚的地方。后来，他们发现了一座诡异的房子，里面空荡荡的，空旷的大厅后是并排的五个山洞一样的房间。洛基挨个房间查看，里面一个人都没有。虽然这座房子看上去有点古怪，但总比睡在森林的野地里要好。于是，大家便在房子里席地而睡。整整一天的奔波劳累，让他们很快进入了梦乡。

到了半夜，外面突然传来一阵阵巨大的响声，像是狂风的呜咽，又像是瀑布的轰鸣，响声强烈的时候，连大地都跟着颤动起来。托尔提着神锤去外面查看，眼前只有一片漆黑，什么也看不到。三个人在房子里重新躺下，可是谁也睡不着了。

第二天早上，他们来到房外，发现外面不知何时多了一座山。仔细一看，那根本不是山，而是一个身形庞大的巨人。半夜惊醒他们的，原来是巨人的鼾声。尽管托尔和洛基之前也见过不少巨人，但像眼前这么巨大的还是头一次见到。

此时巨人醒了过来，看见托尔三人，便打招呼道："你们好啊，小矮人！你们有没有看到我的手套？"说着他站了起来，开始四处张望。

托尔三人面面相觑，不知道这个巨人要找的手套在哪里。

"哦，我找到我的手套了。"巨人一边说，一边把手伸向他们身后，把他们睡觉的那座"房子"提了起来。这个时候，他们才发现那座"房子"竟然是巨人的一只手套！

巨人把手套戴好，问他们道："小矮人，你们要去哪里？"

托尔说："我们要去极北之地，前往霜巨人的国度。"

"我知道，那个地方叫乌特加德城，我也要到那里去。"巨人说，"我们一起出发吧，你们可以叫我斯基尼尔。"

说完，巨人斯基尼尔便迈开大步向前走去，托尔三人紧紧地跟在他身后。由于巨人的双腿又粗又长，每迈一步都是一段很长的距离，三个人很快被远远地甩在后面。

中午时分，他们来到一棵巨大的橡树下面，这棵树高耸入云，比巨人斯基尼尔还要高出很多。斯基尼尔在橡树下面躺了下来，对他们说："你们都饿了吧？我的包裹里有吃的，你们可以拿出来吃。我呢，要先睡上一觉。”说着倒头便睡，很快鼾声如雷。

托尔确实觉得肚子很饿，便来到巨人斯基尼尔的包裹跟前，伸手去解上面的绳结。可是无论他使出多大的力气，都无法解开包裹。洛基和提亚尔菲也过来帮忙，三个人使出全身的力气，居然还是徒劳无功，包裹上的绳结纹丝不动。

托尔气急败坏地把包裹扔在地上，觉得这个巨人在戏耍自己。加上他那如雷的鼾声，也让托尔烦躁不已。于是，一气之下，托尔举起神锤，朝斯基尼尔头上砸去。

连洛基都认为斯基尼尔这下肯定要脑袋开花，结果锤子落下去之后，斯基尼尔只是用手摸了一下头，把眼睛睁开一条缝，问托尔道：“刚才是不是有片树叶落我头上了？”说完翻了个身，又一次进入梦乡。

神锤飞回到托尔手中，托尔举起它，使出更大的力气，再一次朝斯基尼尔头上砸去。斯基尼尔被砸中之后，睁开眼问道：“刚才是不是有一颗橡果落到我头上了？”说完，又躺下睡着了。

这下托尔被气坏了，他还从来没见过有谁能在他的神锤之下如此安然无恙。他再一次高高举起神锤，倒退好几步，使出浑身的力气，拼命朝斯基尼尔头上砸去。

砸完之后，斯基尼尔从地上坐了起来，他摸了摸头说：“刚

才是不是有一只鸟啄我的头？这觉真没法睡了，我们继续赶路吧！”

又往前走了一段路，斯基尼尔对他们三人说：“你们继续往前走，前面不远就是乌特加德城了。我不准备进城了，每次进乌特加德城，我都会觉得自己的个头太矮小了，而城里的那些人一个个都高大而威猛。不过，我相信你们进去之后一定会受到欢迎，他们肯定会把你们当作小宠物，哈哈！”说完，斯基尼尔便转身离开了。

他们三人继续向前，果然在一片巨大的冰原上，看到了一座由冰雪堆砌而成的城池，城墙高耸入云，像一座大山一样。这里便是霜巨人的国度——乌特加德城。

三个人进入城内，来到霜巨人的王宫，国王罗契召见了他们。他们爬上王宫的一级级台阶，就像是在爬一座大山。宫殿两侧站立着一个个高大威猛的卫兵，托尔紧握神锤，洛基和提亚尔菲紧紧地跟在他身后。

“我知道你们两个，托尔和洛基。”国王罗契说，“我也知道你们前来的目的，你们不就是想跟我们较量一番吗？那我们就好好比试比试吧！你们准备派谁先出场呢？”

提亚尔菲第一个站出来，说：“我年纪最小，我先来！”

罗契微微一笑，说：“年轻人，勇气可嘉，我们这边也派一个少年来跟你比。你想比什么？”

提亚尔菲说："赛跑。"吸食了神羊骨髓的提亚尔菲，如今已是一个跑步健将，连托尔和洛基都认为他的速度快如闪电。

罗契派了一个叫休吉的小巨人来跟提亚尔菲比赛，他们来到城外的冰原上，然后定下比赛规则：跑到冰原的尽头然后折返，谁先回到城门，谁就获胜。

一声令下，两个人同时出发，像两支离弦的箭。可是，当提亚尔菲刚刚跑到冰原尽头的时候，休吉已经折返到了城门处，他整整比提亚尔菲快了一倍。

大家从城外返回王宫，国王罗契邀请他们三人共进晚餐。罗契说："第一场比试，我们暂时领先了，接下来你们还想比什么呢？"

洛基看了看满桌的食物，对罗契说："我这个人没什么能耐，就是能吃。你们有谁能跟我比试一下吃东西吗？"

"当然可以。"罗契说，"刚好我们这里有一位叫罗尔的，胃口也很大，就让他来跟你比试一下吧。"

很快，比赛的场地便准备好了。在王宫大殿的中央，摆放着一个长长的食槽，里面堆满了食物。比赛的规则很简单：洛基和罗尔各在食槽两端，同时开吃，在中间碰头，谁吃得快，谁就获胜。

洛基和罗尔分别站到食槽两端，随着罗契一声令下，两个人犹如风卷残云，开始不停地吃起来。很快，他们在中间碰了头，而且刚好是在食槽的正中间。表面上看，他们应该是打了个平手，可仔细一看，并没有这么简单。洛基虽然吃光了食槽里的食物，可是留下了肉里的骨头，罗尔呢，不仅吃光了肉，连骨头都吃光了，甚至连食槽里的汁水都没剩下。这样一比，洛基自然稍逊一筹。

“看来这一局我们又败了。”洛基说，“托尔，明天你一定要把你的全部实力展现出来，绝不能让他们小瞧了我们！”

“不用担心，”托尔自信地说，“明天我要跟他们比试三局，一定要把今天的失利局面扭转过来！”

三

第二天，他们三人再一次来到王宫，国王罗契已经在大殿里等着他们。

“今天想比试什么呀？”罗契微笑着问。

“昨天都是我方先出的题目，今天请你先出题吧。”托尔说。

“好，那我们就用这个杯子做比试吧。”罗契随手举起桌子上的一只牛角杯说，“这只杯子对于我们巨人来说很小，不知道对于你们来说怎么样。如果你能一口气喝完杯子里的酒，这一局就算我们输了。”

“这有何难？”托尔继续说，“别说一杯酒，十杯百杯都不是问题。”

说完，托尔接过罗契手中的牛角杯。巨人的杯子果然够大，端起来就跟一个小桶似的，里面的酒满满当当，几乎快要溢出来。不过，这么一大杯酒，对于托尔来说，根本不算什么，他完全可以一饮而尽。

托尔把神锤交给洛基，双手捧起杯子，深吸一口气，开始咕咚咕咚地喝起来。让托尔想不到的是，原以为一口气就能很快喝完的酒竟然源源不断，无论他怎么喝都喝不完。他喝得都快喘不过气来了，只好放下杯子，看看到底喝了多少，结果，那杯子里的酒只下降了一点点。

托尔无奈，只得第二次端起酒杯，喝了更长的时间，然后放下杯子一看，酒还是只下降了一点。

托尔连试三次，最终还是没能把杯中的酒喝完。最后，他只好向罗契认输道：“这一局，我败了。请你再出一道题吧！”

罗契说：“我的第二道题也很简单，你看见大殿里的那只猫了吗？只要你能把它举起来，就算我输了。”

经过上一次的教训，托尔隐约觉得这一次的题目应该没有那么简单，但他又认为自己总不至于连一只猫都举不起来。他来到那只猫跟前，把手伸到它的肚子下方，向上托举。原以为轻轻松松就能举起来，可想不到的是，那只猫把自己的背向上弓了起来。托尔的手每往上举一点，猫的背就往上弓一点；托尔的手举多高，猫的背就弓多高，最后猫的脊背都快挨到大殿的天花板了。就这样，托尔拼尽全力，最终也只是把猫的一只脚抬了起来。

“看来，这一局你又输了。”罗契说，“还剩最后一局，你想比试什么，自己选吧。”

托尔连败两局，觉得很窝囊，强压着内心的怒火说：“我想比角力，你们选一个人出来吧。”

“角力？”罗契哈哈大笑道，“你确定要跟巨人比角力吗？”

“对。”托尔认真地说。

“如果我派出巨人中的斗士来跟你比试，那岂不是我们以大欺小？”罗契说，“这样吧，我就让我的奶妈来跟你比吧，如果你能把她摔倒在地，那么不管之前我们赢了多少局，我们都甘愿认输！”

“我堂堂雷神托尔，怎么会跟一个老太婆摔跤呢？你还是换一个人吧。”托尔说。

“你还是先胜过她再说吧，”罗契说，“如果你连她都打不过，就不要再逞英雄了。”

话音刚落，罗契的奶妈已经来到托尔面前。她是一位满头白发的老太婆，看上去老态龙钟，牙齿都掉光了。参照前两次的经验，托尔知道这位老太婆肯定没有那么简单，因此并没有因为她衰老的样子而小看她。

托尔和老奶妈面对面站着，互相攀着对方的胳膊，一起用力，试图把对方摔倒。无论托尔使出多大的力气，这位老奶妈都站在那里纹丝不动。托尔想挣脱她，发现她的双手好似铁箍，牢牢地箍着他，让他动弹不得。他们就这样僵持着，在大殿里转了一圈又一圈，托尔始终无法把老奶妈摔倒。随后，老奶妈开始发力，托尔感到双臂上面犹如有两座大山压着，让他越来越难以支撑，身子越来越低，后来一条腿直接跪到地上，才算勉强没有被摔倒。

这一场，罗契判定双方不分胜负，但是托尔内心深处非常清楚，自己的耐力其实不如那位老奶妈。

这么多场比试，没有一场获胜，托尔三人都非常郁闷。国王罗契自然非常高兴，他让人准备了丰盛的晚宴，来款待托尔三人。

托尔在宴席上对罗契说："既然比试已分出高下，我们也不再久留，明天就动身离开。"

第二天一早，托尔一行向罗契辞别，罗契亲自出城相送，一直送到王国的边界。

临别时，罗契问托尔："这一次来到我们乌特加德城，可有什么感想？"

"此次前来拜访，虽然丢尽了颜面，但也长了不少见识，我自愧不如。”托尔直言不讳地说，“不过，我有言在先，不管你们多么强大，我并不会因此就怕了你们。如果你们将来与我们为敌，切莫因为我的弱小而轻视我，我一定会拼尽全力与你们战斗，让你们付出最沉重的代价。”

罗契听完托尔的话，沉吟了半天，最后长叹一声道：“雷神托尔，了不起的英雄，我们岂敢小看你？”

托尔以为罗契在故意说反话嘲讽自己，便怒声道：“我雷神堂堂正正，愿赌服输，我是输给了你们，但也不用这样冷嘲热讽吧？”

“我并没有冷嘲热讽，我说你是了不起的英雄，可是真心实意的。”罗契说，“既然你们马上就要离开我的国度，我不妨将实情告知诸位吧。实际上，你们都是了不起的英雄，反倒是我们，用了掩人耳目的障眼法才在比试中侥幸取胜，赢得并不光彩呀！”

“哦？那你说说看，你们是怎么使用障眼法的？”洛基感兴趣地问。

“还记得你们在黑暗森林碰到的巨人斯基尼尔吗？他其实是我的化身。是我在包裹上施了法术，才使得你们无法解开。后来你挥动神锤砸了我三次，如果真砸到我头上，我肯定当场就丧命了。”罗契对托尔说，“还好我转移了你的力道，让神锤的力量打到了别的地方。等你们回去的时候，可以去看看那棵大橡树旁边的一块巨石，那上面应该还留着三个巨坑呢。”

“那后来我们的几场比试，也是你用障眼法获胜的吗？”洛基问。

罗契点了点头，说：“第一场比试，跟提亚尔菲比赛的休吉可不是普通人，他是思想的化身。要知道，人的思想该有多快，一念之间可以跨越千山万水，提亚尔菲自然不是他的对手。至于第二场比试，跟洛基比赛的罗尔也不是一般人，他是火焰的化身。要知道，火焰是可以吞噬一切的，食槽里的食物对他来说根本不算什么。”

“怪不得！”洛基没好气地说，“我就说怎么会有人吃得比我还快！”

罗契对洛基笑了笑，转头对托尔继续说道：“至于跟你的三次较量，也都大同小异。第一次，我给你的那个牛角杯看似普通，实际上它的角尖却是连着大海的，杯中的酒其实就是海水，因而你喝不完也就不足为奇了。不过，让我没有想到的是，你连喝三口之后，居然把海平面喝下去了好几寸，你这样的海量足够让人惊叹了。第二次，你要举起的那只猫也非同一般，它是盘踞海底、环绕大地的一条大蛇的化身。这条大蛇支撑了大地，如果你把它举离地面，整个大地都会塌陷。而你居然能把它举得一只脚离开地面，已经十分惊人。至于最后那场，跟你角力的老太婆并不是我的奶妈，而是衰老的化身。要知道，衰老是世间万物都无法抵抗的，所以你根本无法打倒衰老。但是，那么强大的衰老，也只能令你单膝着地，这说明你拥有多么强大的生命力！”

罗契解释完一切，深呼一口气，接着说道：“好了，该说的我都说了，我们就此别过吧。希望以后你们神族和我们霜巨人能够互不打扰，这对大家来说都是好事。再见了，诸位！”

话音刚落，罗契已经消失不见。他们三人折返回去，想再去寻找乌特加德城，却只看到一片空空如也的冰原，之前那座壮观的城池犹如海市蜃楼一般彻底消失了。

托尔知道，这一定又是罗契施的法术，他不愿再与他们有任何瓜葛。于是，托尔带着洛基和提亚尔菲离开了极北之地。从此以后，他对巨人的印象彻底改变，再也不敢轻视他们了。

亚当和夏娃

（希伯来神话）

在宇宙的最初，世界上没有天也没有地，只是混混沌沌的一团，世间万物都混杂在一起。后来，上帝创造了天和地，世界才慢慢变成我们现在看到的这个样子。

据说，上帝刚刚创造天地的时候，大地上有各种飞禽走兽，但是还没有人。有一天，上帝在大地上行走，虽然草木欣欣向荣，鸟兽奔走飞翔，一派生机勃勃的景象，但总感觉缺少一点什么。他思来想去，觉得世界上还缺少一样生物，那便是具有灵性的人类。有了人类，这个世界才算完整。

于是，上帝从地上抓起一把尘土，捏成了人的样子，然后轻轻一吹，把生命的气息灌输到泥人的鼻腔。说来也怪，泥人感受到生命的气息后，便有了灵魂，四肢扭动着活了起来，他在地上奔跑着、跳跃着，变成了一个活生生的人。

上帝看着这个活蹦乱跳的人，非常高兴，给他取了个名字叫亚当。随后，上帝又在伊甸的东边专门开辟了一个园子，用来安顿亚当，让他生活在里面。

伊甸园里面有各种各样神奇的树木，树木上结着奇异的果子。其中有一棵树叫善恶树，吃了善恶树上的果子，就可以分辨善恶；还有一棵叫生命树，吃了这棵树上的果子，则可以长生不老。一条神奇的河流从伊甸园中间穿过，园子里的花草树木在河水的滋养下，都生长得非常旺盛。

上帝让亚当好好照看伊甸园，并叮嘱他道："园子里的果子你可以随便吃，但是那棵善恶树上的除外。记住，千万不能吃善恶树上的果子，一旦吃了，你就会没命。"

过了一段时间，上帝要回天上去了，他担心亚当一个人在伊甸园里生活会感到孤单，便决定再造一个女人，来做亚当的妻子，这样两个人便可以互相陪伴着生活了。

上帝对着亚当吹了一口气，亚当便昏昏沉沉地睡了过去。随后，上帝从亚当身上取出一根肋骨，用这根肋骨创造了一个女人，并给她取名叫夏娃。

醒来之后的亚当，见到夏娃非常高兴，终于有个同类能够与自己做伴了。由于夏娃是上帝用亚当的肋骨造出来的，两个人有着天生的亲近感，他们在伊甸园里生活得很幸福。

上帝跟亚当和夏娃交代好一切，叮嘱他们照看好伊甸园，便动身离开了。

亚当和夏娃一起生活在伊甸园里，过着无忧无虑的生活。渴了，他们就喝园子里清澈的河水；饿了，就吃园子里的各种果子。除了那棵善恶树上的果子，伊甸园里的各种果子他们已经全都吃了一遍。他们一直牢牢记着上帝的叮嘱，善恶树上的果子千万不能吃。因此，每次经过善恶树，他们连碰都不碰一下。

在伊甸园里，除了各种花草树木，还有各种各样的动物。在这些动物中，最聪明的要数蛇了。那个时候，蛇并不是现在的样子，而是跟其他动物一样长着四条腿。蛇每天都在默默观察亚当和夏娃的生活，发现他们从来不吃善恶树上的果子，便奇怪地问他们："你们为什么从来不吃这棵树上的果子呢？"

亚当诚实地答道："上帝交代过我们，不能吃这棵树上的果子，一旦吃了，我们就会没命。"

蛇听完亚当的话，哈哈大笑起来，对亚当和夏娃说："可怜的人类呀，你们都被上帝骗啦！吃了这棵树上的果子不但不会死，还会让你们变得更加聪明。上帝之所以不让你们吃，就是怕你们吃了之后懂得善恶廉耻，变得跟他一样聪明。"

亚当和夏娃听完蛇的话，都有点不敢相信，他们不相信慈祥的上帝会欺骗自己。然而，从这一天开始，好奇的种子便在他们心里种下了。他们每天都会盯着那棵善恶树，看着上面的果实，思考着蛇对他们说的话，犹豫着要不要尝试一下。

终于有一天，好奇心战胜了恐惧，亚当和夏娃偷偷摘下两颗善恶树的果子，每人拿着一颗放在手里观察。这果子又大又漂亮，散发着诱人的香味，一点也不像有毒的样子。他们忍不住悄悄吃了一小口，果实的汁水流入口腔，果然美味极了。他们静静等待了一会儿，发现彼此都安然无恙，这才放心大胆地把果子吃完。

吃完善恶果之后，亚当和夏娃感觉体内升起了一股奇异的能量，彼此的眼睛都变得比以前明亮了许多。这一瞬间，他们明白了很多事情，头脑中仿佛洞开了另外一个世界。这个时候，他们突然发现自己原来一直是赤身裸体的，之前居然从来没有意识到。他们连忙用无花果的树叶编织成衣服，围到身上遮羞。

一段时间之后，上帝回来了，却没有在伊甸园里看到亚当和夏娃。原来，亚当和夏娃一看到上帝来了，便都在树丛里躲了起来。上帝找不到他们，便开始呼唤他们的名字，让他们出来见自己。

亚当和夏娃听到呼唤，这才来到上帝面前。上帝看到他们用树叶遮挡着身体，又躲起来不敢见自己，便问他们为什么会这样。

亚当回答道：“我们害怕见到你，因为我们都还裸露着身体呀。”

上帝一下子什么都明白了，他责问道：“你们既然已经懂得了羞耻，想必是吃了善恶树上的果子。为什么你们不听我的警告，要去偷吃园子里的禁果？”

亚当知道自己欺瞒不过，便把事情的经过如实告诉了上帝。上帝听完亚当的交代，非常生气。他先是把蛇叫到跟前，对它进行了严厉的斥责，同时也给了它残酷的惩罚。上帝砍去蛇的四肢，从此以后，蛇只能用肚子蠕动着爬行。同时，上帝还让蛇今后只能在泥土中生活，并且世世代代都与人类互为仇敌。

然后，上帝把亚当和夏娃也逐出了伊甸园。临走的时候，上帝对亚当说：“你听信别人的话，偷吃了禁果，必须受到惩罚。从此以后，伊甸园的生活将一去不复返，你要终日劳作，才能维持生活。由于你本是尘土做的，所以你辛劳一生之后，仍会归于尘土。”

上帝又对夏娃说：“你同样也要受到惩罚。从今往后，你要经历十月怀胎的痛苦，来生儿育女繁衍后代。”

最后，鉴于亚当和夏娃已经知道了羞耻，上帝在临别的时候给了他们每人一件皮衣，让他们穿在身上。

就这样，亚当和夏娃离开了伊甸园，前往广阔又充满未知的大地上生活。上帝在他们离开之后，派了一位天神前去看守伊甸园。上帝给了那位天神一把不断旋转、可以发出火焰的神剑，用来守卫生命树，不让人类吃到可以长生不老的果子。

离开伊甸园的亚当和夏娃，开始在大地上开垦和耕种，过上了男耕女织的生活。虽然每天都很辛苦，但也过得非常充实和幸福。他们在一起生活了很久，生下了很多孩子，孩子们又繁育了很多后代。如今，整个大地上的人类，据说都是亚当和夏娃的后代。

诺亚方舟

（希伯来神话）

亚当和夏娃被上帝逐出伊甸园之后，开始在大地上生活。他们日出而作，日落而息，繁育了很多后代。随着时间的推移，大地上的人越来越多。

刚开始的时候，人与人之间都还比较友善和睦，大家相亲相爱、互帮互助，过着融洽的生活。可是，慢慢地，人们的心中开始滋长各种贪欲和恶念，人与人之间开始出现谎言、欺骗和各种伤害。你争我夺甚至互相残杀的事件越来越多，各种暴力和罪恶在人间不断滋生、蔓延。

上帝看到这一切，心里很难过，觉得人类身上充满了贪婪和罪恶，必须给予他们惩罚。在实施惩罚之前，他先去找了一个人，这个人的名字叫诺亚。

诺亚是亚当的孙子，是人类之中少有的还心存善良的人。诺亚有三个儿子，也都是老实而正直的好人。上帝决定把诺亚一家人留下来，保留人类的希望，大地上的其他人则要被完全清除。

上帝对诺亚说："人类的末日就要到了，因为他们身上充满了罪恶，我要让他们跟大地一起毁掉。而你，还有你的家人，是我挑选出来要活下来的人。接下来，你要按照我说的去做，带着你的家人躲过这场灾难。"

诺亚按照上帝的旨意，用柏木建造了一只巨大的方舟。这只方舟长四百五十尺、宽七十五尺、高四十五尺，分为上中下三层。船顶有窗户，侧边有门，内外的缝隙都涂着松脂，以防止水渗进来。

上帝见诺亚造好了方舟，就让他带着妻子儿女一起搬到方舟里。同时，他还指示诺亚，把大地上的动物每种选来雌雄一对，包括地上的走兽和天上的飞鸟，全都带到方舟上。然后，还让诺亚备好充足的粮食，能够在方舟上生活一段时间。诺亚带着他的三个儿子，整整忙碌了七天七夜，才全部准备妥当。

在诺亚准备好一切，带着家人和各种动物一起登上方舟之后，天上开始下起滂沱大雨，就像是江海往下倾倒一般。大雨整整持续了四十个日夜，整个世界变成了一片汪洋，连最高的

山峰都被淹没了。大地上的人类和各种飞禽走兽，无一幸免地都被淹死了。最后，除了诺亚方舟上仅存的人和动物，整个世界的生命都消失了。诺亚方舟犹如一片孤独又渺小的树叶，漂浮在无垠的大海上。

洪水淹没大地足足有一百五十天之久，除了波涛的翻涌和浪花拍打船舷的声音，整个世界再无其他声响。

上帝并没有忘记诺亚和方舟上的生灵，觉得时间差不多了，便让洪水逐渐退去。可是，由于水势实在太大，整个地表都已经被洪水覆盖，想要让水位快速下降也不是一件容易的事。上帝让强风吹扫大地，又把地下的缝隙打开，洪水才开始慢慢减少。一直过了几十天，亚拉腊山最高的山峰才慢慢露出水面。

诺亚看到雨停了，洪水也在慢慢消退，可他在方舟上漂流了很久，还是看不到一块陆地。他打开方舟顶端的窗子，放出去一只乌鸦，想让它飞出去看看能不能找到一块陆地。乌鸦飞走半天之后回到船上，诺亚看了看它的爪子，上面连一个泥点都没有，看来根本没有找到陆地。

七天之后，诺亚又放出一只鸽子，希望它这次能运气好一点，可以有新的发现。鸽子整整离开了一天，直到傍晚时分才回到船上。诺亚一看到它便眼前一亮，因为鸽子的嘴里衔着一根橄榄枝。这说明在大地的某个地方，已经有陆地露出水面了。

又过了七天，诺亚又一次把鸽子放了出去。这一次，鸽子没有回来。诺亚知道，这是一个好兆头，这说明洪水已经退去，鸽子找到了新的家园。

果然，没过多久，诺亚便发现了陆地。他带着家人走出方舟，又把方舟里的动物全都放了出来，让它们和自己一样，在大地上开始新的生活。

诺亚带领着家人，修建了一座祭坛，以感谢上帝赐生的恩德。上帝也决定，以后不再用洪水惩罚人类了，他还在天上挂出七色的彩虹，以表达他对人类的善意。

洪水开始的时候，诺亚已经六百岁。洪水结束之后，诺亚又活了三百五十年，直到九百五十岁的时候才离开人世。诺亚一生善良而勤恳，带着他的子孙开荒种地、饲养牲畜，还教会了后代栽种果树、酿造美酒。他的后代子孙一直延续到今天，生活在世界各地。

英雄吉尔伽美什

（巴比伦神话）

在巴比伦神话中，人类也是被天神创造出来的。天神们创造出人类之后，指导人类如何生存和劳作，让他们能够自给自足地在大地上生活。人类非常勤恳，每天都辛苦劳动，并把劳动成果献给神灵。

最开始的时候，人类和天神相处得非常和谐，天上和人间秩序井然，所有人都安分守己地做着自己的工作。但随着人类数量的增多，人间开始出现各种争斗和残杀，越来越混乱和失控，这让天神们非常忧心。随着人间动荡的升级，天神们意识到事态的严重，纷纷聚集到天神安努那里商量解决的办法。

在天神中，恩里尔是个暴脾气，他最先发言道："依我看，有一个算一个，把那些闹事的人类全都除掉，这样不就天下太平了嘛！你们要是嫌麻烦，就让我去完成这个任务吧，我一定会好好教训教训他们！”

安努摇摇头说：“你这个办法太莽撞了，只能缓解一时的矛盾，没办法从根本上解决问题。你难道能一直留在人间吗？你一离开，人间岂不是又要乱套？”恩里尔听完这话，红着脸不吭声了。

这时候，智慧之神埃阿开口道：“我觉得，人间之所以会陷入混乱，是因为那里没有秩序，没有一个权威的领导者。如果能够像天界一样在人间也建立权威和秩序，那么大地上的动荡自然也就消失了。”

“这个办法不错。”安努点点头，对埃阿说，“如果要在人间建立权威和秩序，你有什么好办法吗？”

埃阿想了想说：“我们可以创造一个拥有至高无上的权威的国王，让他来统治和管理人类，这样人间的秩序就建立了。”

众神都对埃阿的想法表示赞同，连原本有点不服气的恩里尔也露出了赞赏的表情。安努看大家都一致同意，便对恩里尔说：“你刚才不是斗志很高吗？那这个任务就交给你吧。由你来创造这个人间的统治者，你看怎么样？”

恩里尔一听，脸上顿时乐开了花，他拍着胸脯说：“放心交给我吧，我一定会把他创造成一个杰作！”

众神商议结束之后，恩里尔便开始马不停蹄地忙碌起来。他知道自己的能力有限，便拉来了一堆天神帮忙。这里面有生育之神南吐、太阳神沙玛什、雷电之神阿达德、大神乌鲁鲁，当然，还少不了这一想法的提出者——智慧之神埃阿。

大神乌鲁鲁先是用深海底的神泥捏出一副高大魁梧的身躯，然后生育之神南吐给了这个泥人男性的性别和魅力，太阳神沙玛什给了他英俊伟岸的外表，雷电之神阿达德给了他无穷的力量和英勇的胆魄，智慧之神埃阿给了他高超的智慧……最后，恩里尔把自己强大的神力和过人的气魄给了他，不过有点遗憾的是，恩里尔把自己的暴脾气也一块儿传了过去。

就这样，在众神的齐心协力之下，人间的这位超凡的统治者诞生了，他有着三分之二的神性和三分之一的人性。为了让他跟天神有所区别，安努为他设置了在人间的寿命。最后，安努赐予了他灵魂，并给他取名为吉尔伽美什。在将他送往人间之前，安努还为他挑选了一个显赫的身世，让他从一出生就成为英雄的后代。

吉尔伽美什带着众神的嘱托，降临在乌鲁克城——一座位于幼发拉底河下游东岸的城市。因为身上带着超凡的力量和智慧，吉尔伽美什得到了越来越多的拥戴，成为乌鲁克城的国王。最开始的时候，也有人不甘于吉尔伽美什的统治，聚集起来反抗他。但这些反抗者自然都不是吉尔伽美什的对手，他们很快都被征服了。慢慢地，再也没有人敢反抗他了，他在人间的权威越来越稳固，所有被他统治的人都服服帖帖地听从他，每天本本分分地过日子。就这样，在吉尔伽美什的统治下，人间的秩序越来越稳定，没有人再敢胡作非为、滋生事端。

众神在天上把这一切都看在眼里，见人间的秩序建立起来了，大家都非常高兴。尤其是恩里尔，他一直把吉尔伽美什视为自己的得意之作，现在看到吉尔伽美什在人间取得的成就，自然喜不自禁。

在所有人看来，吉尔伽美什都是一个勇气与智慧并存的英雄，他在人间所向披靡，没有人是他的对手。但是，他也有性格上的缺点。说起来，这还要归咎于恩里尔，当初在创造吉尔伽美什的时候，恩里尔把自己性格里的急躁和暴虐传给了他。因此，随着时间的推移，吉尔伽美什性格里的缺陷越来越明显地暴露出来。他经常动不动就发脾气，欺压士兵和百姓，让人们不分昼夜地干活，为他修建宫殿和庙宇，害得百姓苦不堪言。他还沉溺于美色，将很多美丽的女子占为己有，供自己享乐。百姓们虽然心有怨言，但都不敢违抗他，只能忍气吞声。时间长了，人们在内心深处并不敬重他，只是惧怕他，认为他并不是一个好的君王。

慢慢地，吉尔伽美什的残暴统治激起了越来越多的民愤。百姓们怨声载道，纷纷谴责吉尔伽美什的暴政。可惜，吉尔伽美什勇猛无比，没有人是他的对手，尽管百姓们心有怨恨，却无力反抗。无奈之下，人们只得向天神祈祷，哭诉吉尔伽美什的罪状，请求天神救救众生。

眼看着人间的怨气越来越大，大有直逼云霄之势，天神们知道，他们已经无法坐视不管了。于是，众神又一次聚集到安努跟前，一起商议应对之策。

安努问大神乌鲁鲁："你有什么好的办法吗？"

乌鲁鲁说："事到如今，我觉得应该再创造一个英雄，让他成为吉尔伽美什的对手，这样他们在人间可以互相牵制，消磨掉吉尔伽美什身上的暴虐。"

在得到众神的赞同之后，乌鲁鲁回去忙活起来。他用一块湿泥捏出一个像野牛一样健壮的怪物，这个怪物全身长满了毛，一头披肩长发，既像一个人，又像一头猛兽。乌鲁鲁给他取名为恩启都，并赐给他和吉尔伽美什一样的勇气和力量。

恩启都被送往人间，先是来到一片荒野，跟一群猛兽一起生活。后来，他慢慢习惯了人类的生活，身上的兽性渐渐退去，人性开始彰显。当他来到乌鲁克城的时候，已经是一个人性十足的人了。他前往吉尔伽美什的宫殿，准备向这个暴君发起挑战。

吉尔伽美什以为又来了一个不自量力的人，随手就能把对方打倒。可令他想不到的是，这个叫恩启都的人非常勇猛，他们较量了很长时间，各自都使出了看家的本领和浑身的力气，直打得天昏地暗，还是无法分出胜负。最后，两个人都被对方的英勇和顽强折服，钦佩对方是一个真英雄，于是，他们停止了打斗，互相拥抱着，变成了知己好友。

吉尔伽美什与恩启都结为好友之后，性情也改变了许多。他们两人齐心协力，战胜了很多危害人类的怪兽和妖魔，成了深受百姓爱戴的英雄。

法老和魔法师

（埃及神话）

在古埃及，魔法师是一个非常特殊的群体，有着尊贵的地位，连王国的统治者——法老都非常尊敬他们。埃及最大的金字塔的创建者胡夫法老，也是一个痴迷于魔法的人。据说，胡夫法老生平最大的愿望，就是希望找到智慧之神的宝物——《魔法书》。可是，他一直都没有找到。眼看着自己一天天老去，找到《魔法书》的希望越来越渺茫，胡夫越来越心灰意冷，整个人也憔悴起来。

这一天，正当胡夫坐在大殿里郁郁寡欢的时候，他的小儿子赫勒达迪夫王子急匆匆地走进来，向他报告道："尊敬的父王，告诉您一个好消息，我打听到《魔法书》的下落了！"

胡夫精神为之一振，连忙问道：“真的吗？快告诉我，它在哪儿？”

“父王，您先别急，听我慢慢跟您说。”赫勒达迪夫说，“我听说，在比勒悉尼鲁夫这个地方，有一位一百一十岁高龄的魔法师，他的魔法已经到了登峰造极的地步，甚至可以让割下头颅的动物死而复生。最重要的是，他还知道您最想要的东西的下落。”

胡夫半信半疑地问：“我怎么从来没有听说过这位魔法师呢？他真的知道智慧之神的《魔法书》的下落吗？”

赫勒达迪夫说：“是的，父王，他确实知道《魔法书》的下落。这位魔法师是一位隐世高人，所以您才没听说过他，他的名字叫泰迪。”

胡夫听完小儿子的话，这才放下心中的疑惑，脸上露出久违的笑容。他兴奋地对赫勒达迪夫说：“亲爱的儿子，你真是给我带来了一个天大的好消息！现在，我命令你即刻前往比勒悉尼鲁夫，把魔法师泰迪请来见我。记住，一定要对他以礼相待，把他当作我最尊贵的客人。”

“放心吧，父王！我知道怎么做，您就等我的好消息吧。”说完，赫勒达迪夫便率领随从离开，前往比勒悉尼鲁夫。

来到比勒悉尼鲁夫之后，赫勒达迪夫很快便找到泰迪的住处，见到了这位年迈的魔法师。赫勒达迪夫细细端详这位老人，只见他满头银发，脸上虽然全是岁月的褶皱，但表情非常安详而从容。虽然已经是一百一十岁高龄，但这位老人精神饱满，步态轻盈，看上去仍然充满活力。

赫勒达迪夫向泰迪礼貌地传达了胡夫法老的问候，并邀请他前往王宫面见法老。老魔法师非常谦逊地说："能够获得胡夫法老的邀请，是我莫大的荣幸。请王子殿下稍候，我收拾片刻便随您前往。"

一路上很顺利，赫勒达迪夫带着魔法师泰迪来到了王宫。此刻，胡夫法老正在王宫里焦急地等待着，听说小儿子已经回来，连忙让人传下命令，让赫勒达迪夫带着魔法师泰迪前来觐见。

泰迪走上大殿的时候，胡夫法老恭敬地走下宝座，亲自前去迎接，并拉着泰迪的手，让他在自己宝座的旁边落座。泰迪说："尊敬的陛下，您这样对我，真是让我受宠若惊，请问有什么需要我为您效劳的吗？"

胡夫说："听说您是一位技法高超的魔法师，能让割下头颅的动物死而复生，不知能否让我见识一下？"

泰迪点点头说："愿意为尊敬的陛下演示。"

随后，胡夫让人带来一只鹅，交到泰迪手中。泰迪来到大殿外，用刀砍下鹅头，把鹅头和鹅身分别放置在王宫两侧，然后开始念动咒语。随着咒语声响起，鹅头和鹅身居然开始自动往一起靠拢。泰迪的咒语越来越急促，它们靠近的速度也越来越快。最后，咒语声戛然而止，鹅头和鹅身也刚好靠到一起，原本已经死去的鹅，突然拍打着翅膀，在王宫里活蹦乱跳地奔跑起来。

所有人都看得目瞪口呆，连胡夫法老也暗暗佩服泰迪神奇的魔法。他觉得有点不过瘾，还想再看一看泰迪的表演，便又命人带来一只鸭子和一头牛。泰迪按照之前的方式，又依次表演了一番，每一次都非常精彩，博得大家的阵阵掌声。

这下胡夫彻底相信了赫勒达迪夫的话，觉得这个老魔法师肯定不一般。他命令周围人全都退下，只留下泰迪一个人在自己身边。然后，他对泰迪说："尊敬的魔法师，我这次请您过来，还有一件重要的事情想要请教您。"

泰迪说："尊敬的陛下，只要是我知道的，我一定如实相告。"

"那我就直说了。"胡夫继续说，"我一生都在寻找智慧之神的《魔法书》的下落，听说您知道它的确切位置，是真的吗？"

泰迪诚恳地回答道："是的，尊敬的陛下，我确实知道。"

胡夫脸上立刻露出兴奋的表情，迫不及待地问："它在什么地方？"

"在赫里尤布里斯神庙的地道里。"泰迪回答。

"既然是在地道里，"胡夫问，"那我如何才能找到地道的入

口呢？”

“恐怕您无论如何都找不到。”泰迪无奈地摇着头说，“这个世界上只有一个人能找到它，我非常希望那个人就是您，可惜事实并不是这样。”

胡夫一脸震惊地问道：“为什么不是我？我可是埃及的法老啊！”

“这是我们的最高天神——拉神的旨意。”泰迪说，“这一切都是他早已安排好的。”

胡夫仿佛从山巅突然坠入无底的深渊，脸上写满了无尽的失落，他垂头丧气地问：“那么，您能告诉我能够拿到《魔法书》的那个人究竟是谁吗？”

泰迪说：“他是一位祭司的儿子，是三胞胎兄弟中的老大。按照拉神的旨意，这三个兄弟将会成为未来的统治者，而他们中的兄长将会成为这个国家的主宰。”

胡夫听完泰迪的话，不禁悲从中来。原来，他不仅无法得到《魔法书》，连自己的王位也会被别人夺去。泰迪看到胡夫悲伤的表情，连忙安慰道：“尊敬的陛下，您不必过于担心，这一切都是命中注定的，我们应该听从拉神的安排。那三位兄弟也不会马上取代您的位置，而是要在很多年之后，在您的孙辈之后建立一个新的王朝。”

胡夫不说话了，沉默了一段时间之后，突然抬起头来，问泰迪道："那个女人是谁？生下那个三胞胎的女人是谁？"

泰迪沉吟片刻，对胡夫说："那个女人叫莉第吉特，她将在冬季第一个月的十五日生下那三个孩子。"

胡夫听完，目光中透出一股寒气，冷冷地说："好，我这就去派人找她！我绝不会让任何人来颠覆我的王朝！"

泰迪一听，连忙劝阻道："尊敬的陛下，请不要这样做，您这样做是徒劳的。那三个孩子是拉神创造的，他们的到来是您阻止不了的。至于朝代的更替，也是命运使然，是您扭转不了的。"

可是，无论泰迪如何劝阻，胡夫都不肯听。他铁了心要找到那个女人，阻止那三个兄弟降生。

胡夫传下命令，四处打探那个叫莉第吉特的女人的下落。然而，直到胡夫去世，他都没有找到这个女人和她的三个孩子。

后来，一切果然都如同魔法师泰迪预言的那样，在胡夫的孙女赫尼特卡伍丝继承王位之后，莉第吉特的大儿子推翻了女王的统治，建立了古埃及历史上的第五王朝。从此以后，胡夫家族的统治便彻底终结了。

梵天创世

（印度神话）

按照印度的神话传说，在宇宙形成之初，世界一片黑暗，没有天和地，没有水和火，没有日月星辰，没有花草树木、鱼虫鸟兽，更没有万物之灵——人类。那个时候，整个世界一片混沌，所有的地方都是空荡荡的，没有物质，更没有生命。

大概过了亿万年，世界上有了第一种物质——水。浩瀚的大水无边无际，在宇宙之间蔓延、流淌。又过了亿万年，世界上出现了第二种物质——火。最开始只出现了一个小小的火星，后来火星越来越大，最后在大水的包围中熊熊燃烧起来。

火不断对水释放能量，慢慢地，水发生了变化，溅起一朵朵水花。随后，从水中突然冒出了一枚蛋——一枚金色的蛋。

这枚金蛋在水中漂浮着，不知道又过了多少年，金蛋突然裂开，从里面诞生了印度神话中最伟大的神、宇宙的主宰、世界的创造者——梵天。

从一出世，梵天便施展他无边的法力，开始创造整个世界。他先是把孕育他的金蛋一分为二，上半部分的蛋壳变成无边的天空，下半部分的蛋壳变成无垠的大地，这样天和地便形成了。有了天和地，世界便有了初步的空间。不过，此时的世界依然是混沌的，连基本的方位都没有。梵天便创造了东、南、西、北四个方位，又创造了时间，确立了年、月、日等计算时间的单位。

这样过了一段时间之后，梵天开始感到无聊和烦闷。他虽然创造了天地，成了宇宙的主宰，可每当他在天地之间遨游的时候，总觉得这个世界是那么沉寂，没有一点生机。这样的世界实在是太沉闷、太无聊了。于是，他便在心里琢磨："这个世界实在是太死气沉沉了，我一个人实在是太孤独了。我要是能有几个伴侣就好了，这样大家一起生活，世界就有了生气。"

神奇的事情发生了。就在梵天的这个念头刚刚冒出来的时候，便有东西从他身体的各个部位开始往外冒。这些伴随他的念头冒出来的东西慢慢成形，最后变成六个男孩，他们便是梵天的六个儿子。

这六个儿子来自梵天身体的不同位置，所具有的能力也各不相同。比如，老大名叫摩里质，诞生于梵天的心脏；老二名叫阿底利，诞生于梵天的眼睛；老三名叫安吉罗，诞生于梵天的嘴巴……梵天的这六个儿子，是宇宙间诞生的最早的神，他们都是神力强大的造物主。

梵天创造出这些造物神之后，又决定创造能够繁衍后代的神。他用自己的右脚拇指创造了自己的第七个儿子——达刹，又用自己的左脚拇指创造了自己的女儿——毗里尼。达刹和毗里尼繁衍了很多后代，是人类的始祖。

据说，达刹和毗里尼一共有五十个女儿，这些女儿中最为出名的是大女儿底提、二女儿檀奴和三女儿阿底提。尤其是三女儿阿底提，后来她又生下了十二个儿子，每一位都非常英明，都成了受后世人尊敬的天神，如守护之神毗湿奴、雷电之神因陀罗、海神婆楼那、太阳神苏里耶等。其中，雷电之神因陀罗是十二天神之中最勇猛的一个，他威风凛凛，所向披靡，在众神之中声名显赫。

在创造完这一切之后，梵天感到非常疲倦，不想再继续掌管宇宙了，便将整个宇宙的统治权交给了自己的后代——阿修罗和众天神。

开始的时候，宇宙的统治权是由阿修罗掌控的。他们有着强大的法力、庞大的军队，还有无数的钱财和宝藏。他们在天地之间修建了由金、银、铜筑成的三个要塞，用来巩固自己的统治。

随着统治地位越来越牢固，阿修罗越来越忘乎所以，他们骄傲自大，把一切都不放在眼里，包括天上的众神。天神们无法容忍阿修罗的胡作非为，决定把宇宙的统治权争夺回来。于是，一场天神和阿修罗之间的战争爆发了。

在这场战争中，阿底提的十二个儿子发挥了关键作用。他们一个个异常勇猛，在雷电之神因陀罗的带领下，与阿修罗展开了殊死搏斗。战争持续了很长时间，无数的阿修罗被天神们杀死，元气大伤，最后只得被迫认输，拱手让出了宇宙的统治权。

由于在与阿修罗的战争中功绩杰出，因陀罗被天神们奉为天界的领袖，成为受人景仰的天帝。从此以后，世界便一直由天神们掌管，直到今天。

象头天神

（印度神话）

象头天神是破坏之神湿婆和雪山女神帕尔瓦蒂的儿子，他是印度神话中与世俗关系最为密切的天神。在印度的大街小巷，不论私人住所还是公众场合，都能看到象头天神的身影。印度人认为，象头天神能够破除灾祸、带来吉祥，只要用心对他祈祷，就一定会得到庇佑。因此，象头天神受到印度人虔诚的热爱。

象头天神长什么样子呢？最显著的特征就是，他长了一副人类的身体，却有着一颗大象的脑袋，这也是他被称为象头天神的原因。为什么象头天神会是这个样子呢？这还要从他出世时说起。

象头天神的母亲雪山女神是个非常美丽的女神，虽然她已经嫁给了破坏之神湿婆，但是依然有很多天神倾慕她的美貌，甚至对她做出有辱斯文的举动。雪山女神对这些天神的举动非常不满，并说给自己的丈夫湿婆听，但湿婆居然并不当回事。雪山女神这下更生气了，她决定生一个能够保护自己的儿子，而且要让这个孩子只听从自己的命令。

这一天，大神湿婆有事出去了，只剩雪山女神一个人在家。她把姜黄粉、油脂和自己的汗水混合在一起，捏了个娃娃，创造了一个漂亮的小男孩。这个小男孩不仅有可爱帅气的外表，还有着强壮的身体和无穷的神力。

雪山女神对小男孩说："亲爱的孩子，你要牢牢记住，我是你的母亲，我的命令胜过所有人的话，而你呢，只能听从我一个人的命令。你是我最爱的儿子，也是我最忠诚的仆人，记住了吗？现在，你的母亲我要去沐浴了，你就在外面守着，不要让任何人进来，记住了吗？"

小男孩非常听话地点了点头，站到门口担负起守护母亲的职责。雪山女神给了他一根木棒，然后进去沐浴了。

不久之后，湿婆回来了。他看到门口突然多了一个英俊的小男孩，觉得很是诧异。他想进去问问自己的妻子，便径直朝里面走去。小男孩一看有人要往里面闯，连忙拦在湿婆面前，大声说道："站住！这里是雪山女神的住所，没有她的允许，任何人都不能进去！”

湿婆一听，觉得又好气又好笑，心想：“这个小毛孩真是不知天高地厚，连我都敢阻拦。算了，不跟他一般见识，我还是先进去问问到底是怎么回事吧。”这么想着，湿婆便不理会小男孩，继续迈步往里面走。

这下小男孩生气了，他大吼道：“喂，你听不见我的话吗？这里不许任何人进，你马上给我走开！”

湿婆的脾气也一下子上来了，冲着小男孩发火道：“你有没有搞错啊，这里是我家，我为什么不能进？你又是谁，哪里来的毛头小子？”

小男孩并不回答湿婆的问题，就是死活不让他进。湿婆有点为难，自己是至高无上的天神，总不至于跟一个小孩子动手吧。于是，湿婆叫来仆人，让他们去跟小男孩解释清楚，这里是什么地方，湿婆又是谁，让小男孩别再犯傻。

有个仆人笑眯眯地来到小男孩跟前，用轻柔的语气对他说：“小弟弟，你知道你正在干什么吗？你知道在你面前站着的那个人是谁吗？他不仅是这个家的主人，还是主宰世界的天神，他就是伟大的天神湿婆呀！你赶快让他进去吧，把他惹恼了可不得了呀！”

小男孩显然并不吃这一套，他语气坚决地回答道：“我才不管他是谁，我只听从雪山女神的命令。没有她的允许，谁也不能进去！”

仆人们想尽了办法，无论如何软磨硬泡，小男孩就是不同意放行。后来，小男孩被惹烦了，居然拿起木棒把仆人们都赶跑了。湿婆这下气坏了，他让仆人们一起冲上去，把这个不识好歹的小毛孩抓起来带走。仆人们听到命令，一哄而上，向小男孩扑去。结果呢，一眨眼的工夫，他们一个个都被小男孩打得鼻青脸肿。

这时候，天上的众神不知道从哪儿得到了消息纷纷赶来。在诸位天神的心中，破坏之神湿婆一向那么严肃，那么让人生畏，如今竟然被一个小孩子折腾得如此狼狈，实在少见，大家一传十，十传百，都赶过来看热闹，甚至连梵天也来了。

湿婆见诸位天神都过来了，知道大家都是来看自己笑话的，心想："既然你们都来了，我就把这个难题交给你们解决吧。"于是，他冲身后的天神们笑了笑，说："既然大家都来了，就请帮我想想办法吧，你们的身份都那么尊贵，一定能让这个小孩子把路让开，这样我也好在家里招待你们呀。"

既然说到身份尊贵，最尊贵的肯定是梵天了，就让他出面去跟小男孩谈一谈吧。以梵天的名声和地位，一定能让小男孩让路。

在众神的一致推荐下，梵天无奈，只得来到小男孩跟前，希望能跟他好好讲一讲道理，让他别再为难大家。可是，让大家意想不到的是，还没等梵天开口，已经被周围人惹得不耐烦的小男孩直接冲了过来，他揪住梵天的长胡子，用力一拽，直接拽下来一大把。

这个举动真是出乎所有人的意料，湿婆也被彻底激怒了，他怒气冲冲地对小男孩说："好小子，你真是胆大包天，我非好好教训你不可！"说着，举起自己的三叉戟向小男孩刺去。小男孩也不示弱，举起手中的木棒迎了过来。盛怒之下的破坏之神威力无边，小男孩哪里是他的对手。很快，小男孩招架不住，被湿婆一下子切掉了脑袋。

这时候，沐浴完毕的雪山女神从里面走了出来，看到眼前的一幕，她惊呆了。她不知道家门口为何突然来了这么多天神，也不知道自己的丈夫为何满脸怒气，再看地上，自己心爱的儿子居然躺在那里，脑袋不知道去了哪里。

得知事情的前因后果之后，雪山女神对湿婆发起了脾气，她哭着说道："你怎么这么狠心，居然杀了那个孩子！他是我的儿子，也是你的儿子，你怎么能杀死自己的骨肉呢！"

湿婆也觉得自己做得有点过分，心虚地说："我也不知道他是我们的孩子呀。现在事情已经这样了，又能怎么办呢？我要怎么做才能弥补呢？"

雪山女神擦了擦眼泪，语气坚定地说："除非你能让我的儿子复活，否则我永远都不会原谅你！"

“好，我这就想办法。”湿婆连忙对雪山女神说，“我一定会想办法让他复活的，我要重新给他找一个头。这样吧，我现在就前往凡间，把我遇到的第一个生物的头颅带来，安到这个孩子身上，让他获得新的生命。”

随后，湿婆辞别了雪山女神和众神，急匆匆地前往人间。没过多久，他就碰到了第一个生物——一头健壮的小象。他走上前去，举起自己的神剑，把小象的脑袋砍了下来，并带回家中。

湿婆把小象的头安在小男孩身上，小男孩便一下子活了过来，而且精神状态看上去比之前更好了。为了消解妻子的怒气，湿婆还赐给小男孩不少强大的法力，并给他取名为迦奈什。后来，迦奈什成了印度人心中的智慧之神，同时也是幸福和富足之神，他有求必应，在百姓中拥有很高的人气。

富士山的传说

（日本神话）

很久以前，富士山还不叫现在的名字，它只是日本众多高山中很普通的一座。在山脚下的村子里，住着一位老人，名叫赞岐造，他每天上山去砍竹子，然后把竹子编成各种竹器，拿到镇子上卖钱谋生。时间长了，周围的人都叫他竹取翁。

这天一大早，竹取翁又勤快地上山砍竹子去了。砍着砍着，他突然发现前面有根竹子不太寻常，长得又粗又高，翠绿翠绿的，周身还笼罩着一种奇异的光。仔细一听，竹子里好像还有动静。竹取翁小心地把竹子切开，顿时大吃一惊——里面居然有一个小小的女孩，只有四五寸大小，但五官非常精致，长得又漂亮又可爱。女孩看见竹取翁，给了他一个甜甜的微笑。竹取翁越看越喜欢，便把女孩抱回家，决定把她养大成人。

回到家之后，竹取翁的老伴一看到小女孩，也喜欢得不得了。老两口一辈子都没有孩子，现在突然得到这么可爱的一个女孩，他们都认为这是上天的恩赐，心里别提多高兴了。他们手忙脚乱地给女孩洗澡，做新衣服，准备好吃的，每天都照顾得无微不至。神奇的是，这个小女孩长得特别快，几天之后，就长得跟普通的小孩子一般大了，三个月之后，就长成了一个亭亭玉立的姑娘。

夫妻俩给女孩取了个名字，叫赫夜姬，然后又挑选了一个好日子，按照日本当地的传统习俗，为赫夜姬举行了加笄和着裳仪式。在仪式上，赫夜姬感恩地拜谢两位老人，感谢他们的养育之恩。

长大成人的赫夜姬变得越来越漂亮，见过她的人都说她像天上的仙女。眼看着她一天天长大，老两口觉得应该给她找个好婆家了，可是赫夜姬对结婚出嫁的事似乎一点都不感兴趣，只想着每天待在家里，帮老两口干干活，做一下家务。

有一天，村长举行宴会，邀请了全村的百姓，竹取翁让赫夜姬跟自己一同前去。赫夜姬原本不想去，但架不住竹取翁一再坚持，只好跟着去了。

宴会上，当赫夜姬出现在众人面前时，大家一下子惊呆了。

所有人的目光都聚集到了她身上，她的美丽让在场的人都惊叹不已。赫夜姬成了那场宴会绝对的主角，一夜之间，全村人都知道了竹取翁家有一个美若天仙的女儿。

很快，赫夜姬的美名便传开了，竹取翁家从此热闹起来，每天前来求亲的人络绎不绝。这本是竹取翁的一片好心，他希望女儿能够挑选一个如意郎君。然而，不管是什么样的小伙子，赫夜姬就是看不上，她明确地跟老两口说自己根本不想嫁人，只想陪着老两口过日子。老两口无奈，只好回绝了所有的提亲者。

可是，拒绝得越多，人们越认为赫夜姬的眼光高，于是便吸引了更多的人前来尝试。有些人甚至不远千里而来，就是为了一睹赫夜姬的芳容。一时间，这件事在整个日本都传得沸沸扬扬，很多王公贵族都闻讯赶来，希望能博得赫夜姬的芳心。然而，赫夜姬始终没有对任何一个人点头，一个又一个年轻人乘兴而来，最后都失望而归。

后来，这件事传到了天皇的耳朵里。天皇听说之后，也想见识一下赫夜姬的美貌，便派人前往竹取翁家，要召赫夜姬进宫。赫夜姬听到后，坚决不肯进宫，甚至放出话来，如果天皇的侍卫强行带走她，她宁愿去死。

天皇没有想到赫夜姬竟然这么倔强，连自己都敢拒绝，虽然有些不悦，但心中对她的好奇更加强烈了。他暗想道："越是美丽的女子越骄傲，既然她不愿来见我，那我就亲自去看看她吧。”

不久之后，天皇便坐着御轿带着随从来到竹取翁家，竹取翁连忙带着老伴和赫夜姬一起面见天皇。这个时候，天皇终于看到了赫夜姬的真容。这个绝色佳人，比他想象中的还要美丽。天皇按捺不住内心对赫夜姬的爱慕，当下便向她求婚，希望她能跟自己一起前往皇宫生活。

赫夜姬对天皇深施一礼，无奈地说：“尊敬的陛下，非常感谢您的好意，但我还是不能嫁给您。”

天皇以为赫夜姬舍不得养育她的老两口，连忙说：“你的父亲母亲，都可以跟你一起前往皇宫，你们可以继续在一起生活，你看怎么样？”

竹取翁一听，非常高兴，也跟着劝道：“好女儿，陛下愿意这样做，是我们莫大的荣幸呀，你还犹豫什么呢？”

赫夜姬张了张嘴，欲言又止，像是有什么难言之隐。她看了看周围人，又看了看竹取翁老两口，犹豫再三之后，她长叹一口气，对天皇说：“唉，陛下，实不相瞒，不是我不愿嫁给您，而是我不能呀！我其实是月亮上的仙女，是不能跟凡人结婚的。”

众人此时才恍然大悟，怪不得赫夜姬长得如同天仙，原来她本来就是天上的仙女呀！还有竹取翁老两口，也终于明白为

什么在赫夜姬身上会发生那么多奇异的事情。这时候，赫夜姬跪倒在两位老人跟前，流着泪说："我这次来到凡间，一是为了历练，第二也是为了报答您二老的养育之恩。如今天机已经泄露，我历练的期限便也到了。不久之后，就会有人来接我前往天界，以后的日子，您二老要多多保重！"

老两口听完赫夜姬的话，顿时心如刀割，不舍得自己心爱的女儿离开。竹取翁更是后悔不已，他哭着对赫夜姬说："好女儿，都怪爹自作聪明，这么大张旗鼓地为你寻亲，最后逼得你不得不泄露天机，害得我们一家人不得不分离，都是我的错呀！"

赫夜姬给竹取翁擦了擦眼泪，安慰道："您也不要自责，这一切都是天意。以后如果天意允许，我们还会再见的。"

几天之后，中秋节到了。中秋之夜，天上的月亮又大又圆，皎洁的月光把大地照得如同白昼。到了三更时分，一片彩色的云彩从月亮上缓缓飘下，云彩上站着一群仙女，她们径直飞向竹取翁家。

赫夜姬看到她们，知道自己离开人间的时刻就要到了。她与竹取翁老两口相拥在一起，洒泪告别。临走时，仙女们给了赫夜姬一瓶长生不老药，让她先服下，因为她已经离开天宫太久，难免会沾染凡气。赫夜姬接过药瓶，只吃了一小口，然后把剩下的交给了竹取翁，算是她的一点心意，以报答老两口的养育之恩。另外，她还给天皇写了一封信，请竹取翁代为转交。交代完一切之后，赫夜姬换上仙女们带来的云霓仙衣，随着她们一起飞上天空，最后消失在茫茫夜空里。

赫夜姬离开之后，竹取翁老两口非常思念她，每天都沉浸在失去女儿的痛苦中。他们不愿意久活于世，所以也就不愿再服下长生不老药，而是把药和信一起交给了天皇。不久之后，两个老人便相继离开了人世。不过，大家都说，他们老两口并没有死，而是被赫夜姬接到天上去了。

天皇读完赫夜姬留给他的信，也非常难过，同样不愿意服药。他写下自己想对赫夜姬说的话，派人把药和信带到竹取翁当初发现赫夜姬的那座高山上焚烧。说来也怪，山顶的那堆火点燃之后，竟然越烧越旺，风吹不熄，雨淋不灭，燃烧了很长时间。从此以后，人们便把这座山叫作富士山，也就是不死之山的意思。直到现在，人们还在传说富士山上有长生不老的神药呢。

辛格比捉弄北风

（印第安神话）

很久很久以前，在北美洲辽阔的北方，生活着一个古老的部落，部落里的人们都靠打鱼为生。他们生活在非常靠北的地方，那里常年寒冷，如果再往北一点，就是一片冰天雪地了。

渔民们每年都是趁着夏天天气暖和的时候捕鱼，等天气一转冷，就会集体离开那里，前往暖和的地方。因为那里的冬天很可怕。统治着那片冰天雪地的，是一个脾气暴躁的老头，他的名字叫卡比昂欧卡，在印第安语中是北风的意思。卡比昂欧卡非常自负，他自封为冰雪王国的国王。凡是他经过的地方，无论青草还是鲜花，无论河流还是山岗，都会无一例外地被冰雪覆盖。

尽管卡比昂欧卡已经掌管了北方大片的土地，但他仍不满足。按照他的心思，他巴不得全世界都笼罩在冰雪之下，没有花草，没有绿树，没有流动的河水，最好完全没有夏天。好在他的力量有限，这些只能算是他无法完成的愿望。

虽然卡比昂欧卡很厉害，但他并不是没有对手。卡比昂欧卡有一个老对头，名字叫沙文达斯，在印第安语里是南风的意思。说起来倒是一点也不奇怪，北风的对头，自然就是南风了。南风沙文达斯盘踞在南方，那里一年四季都像夏天一样，阳光灿烂，天气温暖，野草和鲜花在原野上肆意生长，瓜果蔬菜长满了农夫的园子，生活在那里的人们别提多幸福了。

每年天气最热的时候，北方也会迎来短暂的夏天。南风沙文达斯的势力会蔓延过来，山丘会变得翠绿，湖水会变得温暖，整个北方的天空碧空如洗，看上去漂亮极了。对于北方的渔民们来说，每年夏天都是他们最幸福的时光。

当然，他们也非常清楚，这样的时光非常短暂，沙文达斯的势力很快就会减弱，北方又会重新被卡比昂欧卡控制。因此，他们必须趁着天气暖和，抓紧时间捕鱼，一旦沙文达斯离开，他们的好日子也就结束了。

当夏天慢慢结束，天气开始逐渐转凉的时候，生活在北方的人们便开始保持警惕，时刻关注着周围环境的变化，因为北风卡比昂欧卡就要来了。

卡比昂欧卡的到来是有征兆的。比如，清晨醒来，渔民们会发现他们的屋顶上有一层厚厚的霜，他们打鱼的时候，会发现湖面上结了一层薄冰。这些都是卡比昂欧卡的警告，说明他很快就要来了。不久之后，冰会越结越厚，天上会飘起鹅毛大雪，河面会被厚厚的冰层完全覆盖。到那个时候，整个北方就全是卡比昂欧卡的天下了。

“卡比昂欧卡来啦！”伴随着北方呼啸的风声，有经验的渔民开始大喊，“卡比昂欧卡来啦，大家快跑吧！”

整个部落的人全都迅速行动起来，大家拿起早就收拾好的行装，纷纷离开自己的家园，向温暖的南方迁徙。当大家都在忙碌奔走的时候，有一个人却无动于衷，坐在自己家里仿佛什么事情都没有发生，这个人便是辛格比。

熟悉辛格比的人都知道，他是一个积极乐观的人，遇到什么事情都不着急，捕到鱼的时候会开心地笑，捕不到鱼的时候也丝毫不灰心气馁，脸上照样挂着笑容。他经常跟周围的人说，只要保持乐观的心态，就没有什么困难是解决不了的。

现在，凶狠的卡比昂欧卡马上就要来了，大家见辛格比丝毫没有要走的意思，便问他：“你为什么不赶快走呀？再晚就来不及啦！”

“为什么要走呢？”辛格比笑着说，“卡比昂欧卡来了又能怎么样？如果湖面结冰了，我们可以在冰上打个洞，继续捕鱼呀。即使不能撒网，也可以把鱼钩垂下去钓鱼呀。”

“难道你就不怕卡比昂欧卡吗？”大家有点吃惊地问道，“卡比昂欧卡发起狠来可不得了，森林里最粗的大树都能被他折断，流淌得最快的河流都能被他冰封，你又不是可以冬眠的熊或者可以躲到水底的鱼，怎么能斗得过他呢？”

辛格比听完，哈哈大笑起来：“我才不怕他这些招数呢，让他尽管来好了，我有对付他的办法！”

“你有什么办法？”

“你们看，我的这件大衣是向海狸大哥借的，我的这副手套是向麝鼠老弟借的，穿上它们，卡比昂欧卡奈何不了我。我还会在我的房子里准备上充足的木柴，把火烧得旺旺的，我估计呀，卡比昂欧卡连靠近我都不敢。”

大家见劝不动辛格比，便无奈地走了。一路上大家都很担心，觉得明年回来的时候，很可能就见不到辛格比了。

部落里的人都走完了，辛格比开始忙碌起来。他收集了很多干树皮、树枝、树叶，储藏在自己的房子里，然后用这些干柴点火取暖。此时，外面已经是天寒地冻，河面结了厚厚的冰，他可以直接在上面走。辛格比在冰面上凿了一个窟窿，用鱼钩钓鱼。每天傍晚时分，他都会提着一大串鱼满载而归，嘴里还会唱着自己编的小曲：

老头卡比昂欧卡，
胡子长来块头大。
就会欺负老实人，
别人怕你我不怕！

这天傍晚，当辛格比像往常一样唱着歌往家走的时候，卡比昂欧卡刚好从此经过，他听到辛格比唱的歌，顿时气不打一处来：“是谁这么不知天高地厚，居然敢不把我放在眼里！现在连野鸭子和大雁都飞去了南方，他居然还敢留在这里。哼，那就让你见识一下，究竟谁才是这里的主人！”

卡比昂欧卡跟着辛格比悄悄来到家里，准备等天黑之后好好教训他一顿。

辛格比完全不知道卡比昂欧卡此刻正在窗外徘徊，他像往常一样把火堆烧得旺旺的，一边唱着歌，一边把一条肥美的大鱼架在火上烤。不一会儿，大鱼便散发出诱人的香味。辛格比的口水都快流出来了。他在心里挺为那些离开的人惋惜的——冬天河里有那么多好吃的鱼，大家居然都走了。

“还不是因为那个卡比昂欧卡。”辛格比自言自语道，“要不是他，大家现在过得该有多开心呀！不过，别人都怕他，我可不怕。他跟普通人也没什么区别，虽然我比他怕冷，但他比我怕热，我只要坐在火堆旁，他就奈何不了我！”

窗外的卡比昂欧卡听到辛格比的话，气得发起抖来，他还是第一次碰到在他面前这么嚣张的人。他张开双臂，吹起寒风，夹裹着鹅毛大雪向辛格比的房子袭来。不一会儿，厚厚的大雪便将辛格比的房子包裹起来。然而，让他想不到的是，厚厚的积雪像一块厚毯子一样把房子包起来之后，挡住了外面的寒风，屋子里反而更暖和了。

这一切都被房子里的辛格比发现了，他哈哈大笑，对外面的卡比昂欧卡大声说："卡比昂欧卡，您老人家是担心我冻着，特意来给我送这么大一块厚棉被吗？这可真是一件大礼呀，谢谢您啦！"

卡比昂欧卡听到这话，更加生气了，他使出浑身的力气，对着辛格比的房子吹起狂风，把水牛皮做的门帘吹得哗啦啦直响。

"您老人家真有心呀，知道我一个人在家无聊，特意来给我演奏'呼啦呼啦'的曲子，真是太贴心啦！"辛格比继续嘲笑卡比昂欧卡道，"我说，您这么大年纪了，忙活了这么长时间也该累了吧？外面那么冷，要不要进来烤烤火，暖暖身子？"

此刻，卡比昂欧卡的怒气已经达到了顶峰，他不顾一切地用力冲向门帘，把系门帘的绳子吹断了，呼呼的北风趁机钻到屋里——啊，刺骨的北风可真冷啊，寒冷的空气很快在屋里形成了一股浓雾。

辛格比假装什么都没有看到，继续靠在火堆旁，悠闲地唱着歌，又往火堆里添了一根木柴。这是一根粗大的松木，上面还带着松脂，非常易燃，一扔进火堆就熊熊燃烧起来，一股股热浪使得辛格比都忍不住往后挪了两步。

屋子里的温度在迅速升高。辛格比用眼角的余光扫了一眼卡比昂欧卡，发现这个老头实在是狼狈极了——大滴大滴的汗珠正从卡比昂欧卡的额头落下，头发上的那些白雪和冰凌正在一点点消失，就像是突然暴露在炽烈的阳光下的孩子们堆的雪人。不一会儿，连卡比昂欧卡的身体都开始融化了，他的鼻子和耳朵正变得越来越小，个子也变得越来越矮。照现在这个情形，要是再多待一会儿，他这个冰雪之王就会变成一摊水了。

“您站那么远干什么呀？”辛格比坏笑着说，“靠近一点嘛，好好烤烤手，暖暖脚，一会儿我再做一碗热鱼汤给您喝……”

没等辛格比说完，卡比昂欧卡已经忍受不了屋里的热浪，气急败坏地逃了出去。

一到外面，寒冷的空气给卡比昂欧卡重新带来了活力，他又变得不可一世起来。他不敢再冲进辛格比的屋子，便在外面大喊大叫道：“有本事你就出来，我们在外面好好比试比试，看看到底谁更厉害！”

辛格比心想：“刚才火已经削弱了他的力量，我的身体现在也够暖和了，而且还吃了一条肥美的大鱼，体力充沛，跟他打一架应该不成问题。如果我能把他打败，以后他就再也不敢来找我的麻烦了。”

于是，辛格比斗志昂扬地走出小屋，来到卡比昂欧卡面前。已经被愤怒冲昏头脑的卡比昂欧卡立刻猛扑过来，两个人纠缠在一起，在冰冷而坚硬的雪地上厮打起来。

他们整整打斗了一夜，直打得天昏地暗、地动山摇。周围的很多动物，像熊呀，狐狸呀，野狼呀，纷纷跑过来观战。但它们都很害怕卡比昂欧卡，一个个都躲得远远的。随着打斗时间的增长，卡比昂欧卡渐渐觉得有些力不从心。辛格比这边呢，反而越战越勇，浑身热血沸腾，充满了力量。

慢慢地，东方出现了朝霞，太阳出来了。当温暖的阳光照在两个人身上，这场比拼的胜负终于出来了。辛格比在阳光的照耀下更加斗志昂扬，一副胜利者的姿态。卡比昂欧卡呢，则是一副惨兮兮的样子，气喘吁吁的，上气不接下气，最后只有招架之功，没有还手之力。

最后，卡比昂欧卡绝望地号叫一声，转身逃走了。他向着北方一路狂奔，从他身后传来了辛格比爽朗的笑声。从此以后，越来越多的人受到辛格比的影响，大家都不再害怕北风卡比昂欧卡了。